AF448883

9 789977 960008 6

كم تساوي مدينة أنتَ لستَ فيها؟

إنجي الشيمي الخولي

اسم الكتـــاب:	كم تساوي مدينة أنتَ لستَ فيها؟
اسم المـــؤلـف:	إنجي الشيمي الخولي
مراجعة لغـويـة:	شركة دُنى لفنيات تقديم المحتوى.
الإخـــراج الفــني:	شركة دُنى لفنّيات تقديم المحتوى.
تصميـم الغـلاف:	منى الموجي
رقــم الإيــــداع:	2024/19850
الترقيــم الـدولي:	978-977-9600-08-6

ماذا تساوي مدينة أنتَ لستَ فيها؟

رواية

إنجي الشيمي الخولي

المقدمة

يشعر الإنسان بالغربة عندما يفقد عزيزًا عليه، لا سيما إن كان أقرب الأقربين؛ ليست الغربة بهجرة الوطن أو الترحال إلى وطنٍ آخر، بل الغربة في فقدان الروح لحالها عند رحيل أحد ما إلى مكانٍ بعيدٍ؛ ويبقى حينها السؤال:

"كم تساوي مدينة أنتَ لستَ فيها؟"

أمواجي غارقة
رمالي متحركة
نرجسي
خطوات قلبي أكبر من قدرة عقلك على الركض
أحب الأشياء وأكرهها في وقت زمني واحد
أستجديك وأتجاهلك في الوقت نفسه
وأنتظرك وأستغنى عنك

بلا سبب مقنع..

لا أعترف بقدسية الأهداف..

أنحدر فجأة حين لا ينبغي
أغير مساري حين لا يجوز
أعود القهقرى قبل الوصول بطرفة عين

مغرور,

مجنون..

وأكثر من ذلك حين يمس غرورك جناب كرامتي..

جياش

الفصل الأول

فاطمة! فاطمة!

فتحت باب غرفتها مهرولةً إلى غرفةِ "فاطمة"، فتحت فإذا بأخيها، وأم أمها، ووالدتها. استيقظت "فاطمة" في روعٍ من الخوفِ والدهشـة؛ لأن الجميع في غرفتها.

الأم: حبيبتي مـا بـك؟! لقـد اسـتيقظ البيـت علـى صـوتك هـل رأيت كابوسًا؟

فاطمة: نعم يا أمي، لقد رأيت في منامي ما قد أرَّق نومي وأفزعني.

مدحت: ماذا رأيتِ؟

فاطمة: رغم أني لا أستطيع التحدثَ عما رأيت يا أخي؛ لكني رأيت ما أفزع مرقدي، لقد رأيت أني أهرول في طريقٍ كأنه نفق، وأرتدي فسـتانَ زفـافي، وكان لونـه يَتبـدل عليّ يـا "مـدحت" كلمـا هرولـت، وإذا ببـابِ المدينةِ مظلم يا أمي، مدينـة ليـس لهـا غير باب واحـد، عندما دخلتُ فيها لم أستطع الخروج منه أبدًا يا أمي.

مدينةٌ شـديدة السـواد، حتى لـم أسـتطع رؤيـةَ بابهـا بعـد دخـولي فيهـا، وليس لهـا أبوابًا أبدًا للخروج منها، إنني أحس بالفزعِ والرهبةِ مما رأيت يا أمي، إنني خائفة حقًّا، أريد أن أرى "خالدًا".

- خالد؟!

- "لا يا أمي أعني...". سكتت.

- لا عليكِ يا حبيبتي سوف أرقد معكِ اليوم.

ثم ضمَّتها وقالت لها:

- هدِّئي من روعِك يا بُنيتي لا تخافي، ولا يفزعك شيءٌ ما دمت معك.

مدحت: هو حلم من الشيطانِ مثل أي حلم يا حبيبتي، استرخي الآن وأنا سوف أسأل لك الشيخ "عُمر" عن تفسيره.

فاطمة: عساهُ خيرًا إن شاء الله.

في نفس الوقت، وفي بقعةٍ أخرى من الأرضِ، وبين أناس آخرين كان "خالد" نائمًا لكنّهُ قلِقٌ في مرقدِه.

- خالد ما الذي حدث لك؟

يردد ذكر "فاطمة"، فهزه أحمد، وقال له: إنكَ تحلُم، استيقظْ. أين فاطمة الآن؟ آه من لوعة الحب والشوق التي تطاردك حتى في نومك. هيا الآن يا حضرة العقيد تفضل الماء، فاطمة في منامك لم تتركك تنام في سلام ما بك؟

قال له خالد: لا أدري؛ لكني قلِقٌ على "فاطمة" قلقًا غريبًا.

- يبدو أنّك قد اشتقت إليها، وإلى المسامرة معها.

- يبدو ذلك، ليتني أستطيع لمرة واحدة أن أراها.

فقال له أحمد: ليتني ألتقي بامرأة مثلها تنتظرني هكذا حين أرجع من خدمتي العسكرية، تأخذ كل هي كما تأخذ "فاطمة" همك كله دفعة واحدة في قلبها يا "خالد".

سكت خالد وقال له: ها، أكمل.

فقال له أحمد: عفوًا تماديت، أو يبدو أني قد سرح خيالي، يبدو أنها تحبك، وتضحي من أجلك أليس كذلك؟

خالد: بلى يا أحمد، وأكثر من ذلك، إنها ترجو أن تنجب مني أولادًا، وليس عشقًا فقط يا رفيقي العزيز، الأولاد خير دليل على استمرار حبنا.

تبسَّم أحمد وقال له: سوف أدعو الله لك أن تحظى بها، وتتزوجها حتى أرى من تكون "**تلك المرأة التي تشبه زهرة الزنبق**" ولسوف أجعلها ترى لي صديقةً مثلها؛ فهي امرأةٌ لا تعوَّض بامرأةٍ أخرى أبدًا، ولسوف أفضح رفيقي المغرم بها، وكيف يحبها، وكيف كنت تعاني من طول البعاد.

أخذ خالد نفسًا عميقًا وسكت.

خالد: ليتني أحظى بها يا أحمد، دعوت الله من أجل ذلك اليوم.

فنظـر إليـه أحمـد، وقـال: ولكـن يسـتحيل أن تحظى بتلك الفتـاة إذا كُنت دائمًا معهـا هكـذا، حاد الطبع قليل الاهتمـام بشـأنها، هي تريد رجلًا مثلي.

فنظر خالد إلى أحمد، ووضع يده على كتف أحمد وسكت، ومن ثم جلس أحمد على الكرسي.

ثم قال لـه خالـد: لا تؤاخذني يا رفيقي، أوشكت أن أقع على الأرض، لكني حمَّلتُ عليك، هل كتفك بخير؟

فاندهش أحمد من رد فعل خالد، وقال لـه: يا حضرة العقيد، كنت أمزح معك، أنت تغار عليها حتى من ذكر اسمها، إنك شديد الغيرة، وإن المرأة تحب الرجل الصلب اللين لكنك يا خالد صلب، وليس فيك لين.

فـدق جـرس الهـاتف في الكتيبـة، وأسـرع الطبيـب أحمـد، وخطف السـماعة ورد مسرعًا ثم قال: من معي؟!

قالت لـه: معك السيدة "عزيزة" والدة العقيد "خالد العرجي".

فقال لها أحمد: السيدة "عزيزة" أنا الطبيب "أحمد رحيم الشعراوي".

ثم قالت لـه: أحمد كيف حالك يا بني؟

قال لها: الحمد بخير حال، لا ينقصني إلا دعاؤك يا خالة.

قالت له: بتضرع دائم من أجلكم جميعًا يا بني، أدعو الله لك أنت، وخالد، والكتيبة، والبلاد.. ربي يحفظكم بحفظه؛ أين "خالد"؟

- خالد مشغول الآن سوف أخبره باتصالك هل يوجد شيء مهم أخبره به؟

قالت له الحاجة عزيزة: نعم يا بني، أخبره أن السيد "فتحي" قد توفاه الله والد "فاطمة" و"مدحت".

ثم قال لها أحمد: لا حول ولا قوة إلا بالله.

ثم قالت: سوف يحزن عليه فهو من أقارب لوالديه.

ثم قال لها أحمد: هل تريدين شيئًا آخر يا سيدتي كي أبلِّغَه لخالد؟

فسكتت، ثم قالت: يا أحمد يا بني محتارة هل أخبره أم لا؟

فقال لها أحمد: خيرًا يا سيدة عزيزة؟ لقد أقلقتني! ما الخطبُ؟ لعله خير.

قالت له السيدة عزيزة ونبرة الحزن ظاهرة في صوتها:

- سوف أخبرك، "فاطمة" يا أحمد سوف تخطب للشيخ "عُمر"، لكن الخطوبة تأجَّلت؛ بسبب موت الحاج "فتحي" رحمه الله.

فقال لها: ماذا تقولين؟! فاطمة!! مستحيل أن يحدث شيء كهذا كيف؟!

فدخل خالد، وقال له: مع من تتحدث على الهاتف يا أحمد؟!

فنظر إليه أحمد في صدمة وقال له: لقد تُوفِّي عمك "فتحي" و"فاطمة" سوف تتم خطبتها على الشيخ "عُمر"، ألم تقل لي إنها تحبك، ولن تتركك أبدًا، ولن يحظى بها أبدًا رجل غيرك؟!

ثم نظر خالد إليه، فعبس وجهه، وصمت ثم ترك الغرفة، وخرج، فمكث قليلًا، ثم دخل الحجرة مرة ثانية.

ثم قال له أحمد: خالد أردت أن أعرف منك شيئًا إذا أمكن لك أن تخبرني به.. لقد رأيت معك خطابًا لا يفارقك يا رفيقي، وكلما قرأت منه شيئًا أصابك الحزن أخبرني يا "خالد" بِهَمِّك؟

فقال: هي هو "فاطمة" لا أعلم لماذا لم ترسل لي حتى الآن؟ يا ترى هل أصابها مكروه؟

- لا تقل شيئًا يا رفيقي، إن شاء الله تكون بخير لم يُصبها مكروه أبدًا.

ومن ثَمّ نادى أحمد خالدًا: هل أستطيع أن أقرأ ما في يدي لقد تركتها أنت ناسيًا إياها على مكتبي؟!

ثم قال له: خالد لماذا تريد أن تشاركني أحزاني يا حضرة الطبيب؟ أنا رجل ذو بأسٍ شديد، وكثير الحزن ولكن...

تُوفِّي توأمي فكرِهتُ نفسِي

وخارَتْ قُوَّتي واختَلَّ بأسِي

فأنَّى لي بتبرئتي لروحِي

إذا نظرَتْ إلى المرآةِ نَفسِي

ففي المرآةِ وجهُكَ ليسَ وجهِي

ملامِحُكَ الجميلةُ مثلُ شمسٍ

فإني بائس والبؤسُ أمري

أَوَلَّى تَوأمِي ورفيقُ أُنْسِي؟

وَأُمِّي حينَ تنظُرُني تراهُ

بوجهِي باكِيًا فيزيدُ بُؤْسِي

تُذكِّرُها الملامحُ كيفَ تَسْلَى

وأنتَ ملامِحِي جَهْرِي وهَمْسِي؟

تكادُ منَ البكاءِ تُريقُ قلبًا

وكَمْ صلتْ ثلاثًا بعدَ خمسٍ!

ستَبقَى بعدَ قَرنٍ في نحيبٍ

كأنكَ قَدْ رحلتَ مَسَاءَ أمْسِ

أراكَ ولا أرالي في المَرايا

وبعد فراغه من قراءته الخطاب قال خالد وهو يردد: لقد جرحت قلبي، لمن هذه الكلمات المؤلمة؟

- لماذا ينفطر قلبك هكذا؟ لذلك كرهت أن يطلع عليها أحدٌ، أنا دائمًا أخفيها هكذا منذ سنوات.

- لقد غُصَّ قلبي يا خالد، أستطيع أن أقول لك لقد انفطر قلبي، لمن يا خالد؟ ومن كتبت هذا؟ لعلها "فاطمة" أليس كذلك؟

- أراك تدخلها في كل شيء يا أحمد!

فاستحيا أحمد وقال لخالد: لا تؤاخذني؛ لكن انتابني شعوري إنها هي.

فنظر خالد في وجه أحمد، وعبس وجه خالد، ثم طال صمته.

الفصل الثاني

قال له أحمد: أرجوك لا تذهب ولا تدر لي ظهرك فأنا رفيقك لماذا لا تطيق حتى أن أنطق باسمها؟

فقال له خالد قاصدًا تغيير الحوار معه:

- كنا نتسابق بالخيل كلما نزلت إجازة، كان ينتظرني، كنا نصلي معًا حتى حفظنا القرآن في الكتابِ معًا، أراد أن يتعلم مراوضة الخيول البرية.

قال أحمد لخالد:

- وهل أنت تستطيع مراوضة الخيول البرية؛ فإن لها شخصية قوية مختلفة لأنها حرة ولا يقيدها أحد، حيث يبدي الفحول سلوكًا عدائيًا وميلًا إلى الهيمنة؛ إذًا يا رفيقي فنحن نخاف منك.

قال له خالد: لكني بالله يا أحمد ما استطعتُ أن أحافظ عليه ولا استطعت أن أمنع الخيل حين غضبت عليه ونزلت فيه ضربًا مبرحًا برجليها وحافرها، لم أستطع أن أنجيه من أجله ففارق الحياة، لقد كان "مراد" رفيق عمري منذ طفولتي؛ لكن حين مات طعن قلبي بألمِ الفراق. لا أقول لك أي شيء يا أحمد غير بموت "مراد" سلبت راحة عقلي وقلبي، لقد كسر قلبي بموته.

فقال أحمد: لا حول ولا قوة إلا بالله، رحمه الله.

فرد خالد: لقد جددت أحزاني بذكر "مراد" يا أحمد لكن أنا أحبك مثله تمامًا تعرف لماذا؟

فرد أحمد: لماذا؟

لأنه كان طبيبَ قلبٍ مثلك وفيه الكثير من الصفات الطيبة لم أجدها في رفيق غيره، وأنت بعده، ولذلك؛ إن شاء الله تدوم رفقتنا فأنت دائمًا يا أحمد تحمل همي مثله.

فنظر إليه أحمد وقال: رُب أخ لم تلده أمك، وأنت أخي يا خالد ورفيقي في الحرب، وتعلم جيدًا أني شاب وحيد وليس لي أخوة غيرك، أدام الله صحبتنا يا حضرة العقيد.

- وأدامك الله لي حضرة الطبيب.

ثم قال أحمد: خالد عليك أن تأخذ إجازة حتى تحضر جنازة السيد "فتحي".

فقال له خالد: سوف أفعل، عليَّ أن أسافر إلى الصعيد يومين وأرجع إلى الكتيبة إن شاء الله مرة أخرى سريعًا.

قال أحمد: خالد وأنا أيضًا أريد أن أسافر معك لأحضر العزاء.

فقال: لكن يا أحمد السفر عبء عليك، وهنا في الكتيبة يحتاجون إليك.

فقال له: لا عليك فإن حضرة الطبيب "سليم" موجود هنا ومعه فريقه الطبي.

فرد خالد قائلًا: حسنًا، علينا ألا نتأخر.

فقال أحمد: سوف أرسل للعسكري "رجب" يحضر لنا متاعنا، عليَّ أن أتركك الآن.

فقال خالد: تفضل.

فمكث قليلًا ومن ثم ذهبا في طريقهما من سيناء إلى الصعيدِ والطريق طويل، وهما مُنهَكَين من طولِ الطريق ودخلا مشارف الصعيد. ثم نظر أحمد لخالد وقال له:

- خالد، هل ستجعلني أرى "فاطمة" فإن من كثرة حديثك عنها اشتقت لهذا.

فنظر خالد لأحمد، وصمت ولم يتفوه بكلمةٍ حتى دخلا البيت، فُتحت له أبواب المزرعة فدخل أحمد منشرحًا صدره.

نظر أحمد ثم قال: ما شاء الله؛ فإن مزرعتك جميلة جدًا.

ثم دخل إلى الداخل ووقف مكانه لبضع دقائق، وسكت ثم عبس وجهه مما قد شاهده ورآه، فلقد تجمَّد الدم في وجهه ولا يعرف لماذا استحوذت عليه الرهبة والخوف الشديدين مما قد رآه

- خالد، لماذا كل هؤلاء الخيول مقيدين بهذه الطريقة الوحشية من هذا الذي فعل بهم هكذا؟ من هذا الرجل الجاحد يا خالد؟!

فقال له خالد: أنا هو الجاحد.

فسكت أحمد ثم قال له: لماذا تقسو عليهم هكذا؟!

فتبسم خالد وعبس وجهه ثم قال له: هذه الخيول البرية لي معها تاريخ طويل يا أحمد، وهي لا تستحق التقييد فقط؛ بل تستحق ضرب الأعناق؛ فلقد سلبت مني أغلى ما أملك على الأرض، "مراد" يا أحمد وأستطيع أن أقيد كل من يأخذ مني ما أريد دون رحمة ولا شفقة لحاله، إن كان إنس ولو حتى رجل من الجن أو خيولي العظيمة البرية المقيدة بين جدران مزرعتي التي أخذت مني "مراد".

فصمت أحمد ثم قال في نفسه: لقد علمت من أين أتت بك تلك الحدة في طباعك.

رحب أهل البيت بأحمد فسلمت عليه السيدة "عزيزة الخولي" وكانت حضَّرت مائدة من أجل أحمد وخالد، وجلسوا يتحدثون وهم على الطعام.

فدخل الطبيب حاتم البويطي وهم يأكلون.

فقال لخالد: عندما أخبرتني السيدة "عزيزة" أنك أتيت من السفر أتيت إليك مسرعًا.

فقال خالد: مرحبًا بك يا حاتم، اجلس بجانبي، الأكل الذي تحبه مُعَد، كُل معنا وبعدها سوف أعرِّفك على رفيقي العقيد الطبيب "أحمد" يشبه "مراد" في لين قلبه الله يرحمه.

ثم قال الطبيب البيطري حاتم: لا أريد أن أتضايف يا خالد أنت تعلم جيدًا لماذا أتيت، وأنت في حرب، وسوف تسافر بعد ساعات. أنت تعلم ماذا أريد بالضبط؛ أريد تحرير القيود، أريد فك الخيول المربوطة، أريد فتح النوافذ حتى تدخل الشمس للخيول، أريد حلًا لما أنا فيه، فإن يديَّ مقيدة من علاج الخيول، أريد قتل عاصف.

فقال خالد: عاصف؟ حاتم، إياك أن تذكر "عاصف" أنا خالد العرجي يا حاتم أنت تعلم لماذا أنا محترم وجودك حتى الآن؟ لوجود أمي في المكان. وإياك أن ترفع صوتك مرة أخرى في حضرتي، ولن أفك قيود الخيل مهما حدث، حتى لو صهيلهم وصل لآخر المدن لن أفك قيدهم أبدًا، أنت عليك أن تأخذ ما تشاء ولا تتفوه بكلمة في هذا الموضوع، يمرض من يمرض، يموت من يموت، يأتي الصرع لمن يأتي، كل خيلٍ يمرض يا حاتم اضرب عنقه، لدينا بدل الألف اثنين، وإياكَ أن تذكر "عاصف" مرة أخرى، ثم إياك.

أراد الجميع أن يجادل خالد فقال: أغلقي هذا الموضوع للأبد يا أمي.

فنظر الطبيب حاتم إلى السيده عزيزة، وقال لخالد: مؤسف ما تفعل بهم، مؤسف.

وتركهم وهو غاضب منهم وذهب.

ثم قال له أحمد: لماذا يا خالد تجرح يديك؟ لماذا تكسر الكوب في يديك؟ ثم لماذا تريد أن تعيش في تلك الدائرة؟ لقد حدث ما حدث منذ سنوات، إلى متى تعاني وتعاند في نفسك، وتحمل نفسك أوزارًا ليس لك فيها أي دخل، يا رفيقي أرجوك ارجع عما تفعل، لقد أوشكت على هلاك نفسك، وسوف يتمزق قلبك من الحزن ويكسر، الحزن من الشيطان يا خالد!

نظر أحمد إلى خالد ويديه مجروحة وقال له: ليس له داعي أن تجرح يدك بكسر الزجاج لفناجين القهوة، حتى أنا يا خالد نزعت مني كوب القهوة الذي كان في يدي وطرحته أرضًا! قل لي كيف تستطيع حمل سلاحك؟ فكِّر في نفسك يا خالد، ما الذي أوصلك إلى هذا الطريق المسدود؟!

فقال له خالد: أنت مُحِق؛ لكن أعتذر منك يا أحمد، فأنا أعلم جيدًا أني نزعت منك الراحة يا رفيقي.

فقالت له عزيزة: لا تؤاخذني يا بني.

قال لها أحمد: لا يا سيدة عزيزة، أنا لستُ غريبًا، أنا أصبحت منكم وسوف أُطهِّر جرح خالد ونذهب للعزاء؛ ومن ثم سوف نسافر، ليس لدينا أساسًا وقت لضياعه، ولعلي حين أرجع الإجازة القادمة نتسابق

بالخيل أنا وخالد ودكتور حاتم، أليس كذلك يا خالد؟ ألم يحن لهذا الأسير أن يتحرر وتنفك قيوده.

فقال له خالد: لم أعد أعرف يا أحمد من هو الأسير فينا، هيا لنذهب إلى العزاء، فهناك من تنتظر ويخفق قلبها أيضًا.

ذهبا معًا إلى العزاء وعين خالد تبحث في كل مكان ويريد لو رآها خلسة ويخفق قلبه.

ولكن أحمد ينظر إليه وهو في حيرة من أمره كيف يحب امرأة بهذه الطريقة، ولكنه ثابت هكذا هادئ، إنك يا خالد رجل لك عدة شخصيات لا يُرى عليك أثر العشق، من يراك وأنت تتحدث عنها غير ما رآك وأنت جالس في دارها أمرك عجيب يا رفيقي.

نظر أحمد إلى خالد وفهم أنه لا بُد أن يغادرا العزاء.

وهما خارجان من العزاء لم يرَ "فاطمة" ولم يستطع رؤيتها من ضيق الوقت، فخرجا ثم نظر إلى الشرفة لعله يراها كما يراها دائمًا، وإذ يُفاجأ بمن يعترض طريقه ويقول له:

- لن تراها ولن تكون لك بعد اليوم.

فنظر اليه وعبس وجهه، ثم قال له خالد: "مدحت"، أتيت لكي أُعزي لا أكثر، البقاء لله، البقاء الله يا شيخ عمر في السيد فتحي.

فقال له عمر: ونعم بالله.

ثم ذهبا ثم قال أحمد لخالد:

- لماذا تكتم في قلبك يا خالد؟ لم يعجبني ما رأيت! أرفِق بنفسك، ليس من العدل أن تكون دائمًا قويًا، مستغنيًا، كاملًا، صائبًا، يا خالد الضعف والاحتياج جزء أصيل من تكوينك النفسي والإنساني، أرجوك يا خالد، لا أريد أن أراك هكذا هادئًا! فارفِق بنفسك وقلبك يا أخي فإن حزنك هو حزني لقد استعاذ النبي من الحزم قائلًا صلى الله عليه وسلم اللهم إني أعوذ بك من الحزن.

فقال له خالد: ألم ترى يا أحمد؟ إن "مدحت" يريد كسري بـ"عمر" ابن عمه، وأنا رجل لا يُقهر أبدًا! ولا يُذَل أبدًا من أجل امرأة، حتى لو كانت "فاطمة"، أستطيع أن أقيد "فاطمة" في قلبي طوال السنوات.

فقال أحمد: "بلى تستطيع." بصوت هامس.

ترك خالد المدينة، حتى لم يودع والدته وأخذ السيارة، وقال: أين اختفيت هكذا في العزاء؟

رد أحمد بلا مبالاة: لم أختفي كنت موجودًا.

أخذ يكمل حديثه ولم يسمعه خالد، عندما رفع عينيه يرى نجمة نظرت إليه بعينٍ واحدة وتخفي وجهها بعد ما أصابها شيءٌ من لفحة من النار، ثم قال خالد في نفسه: إن هذا يوم عصيب بعدما رأيتك يا نجمة سالم فانطلق على عجالة من أمره هو ومن معه العسكري "رجب" والطبيب أحمد.

الفصل الثالث

عزاء السيد: فتحي المغربي.

بعد ما غادر خالد البيت وسافر إلى السويس ومعه أحمد ولم يرجع إلى سيناء. دخل مدحت البيت والحزن مخيم في كل أركان البيت ثم دخل فسلم على "أمه" وبعدها خرج إلى الجنينة حتى يأخذ عزاء والده، وآثر الشيخ "عمر" أن يقرأ في عزاء عمه، وجلس مدحت يستمع للشيخ عمر في العزاء وبعد انتهاء العزاء كان لا بد أن يسافر "مدحت" إلى عمله.

ثم قال له عمر: لقد أخذت إجازة لمدة يومين.

فقال له مدحت: سوف أجعل أمي تحضر لنا العشاء، وبعد ذلك نقرر ماذا سنفعل يا ابن عمي؛ فنادى "أمي، سعاد."

قالت: حبيبي يا "مدحت" الحمد لله على سلامتك أنت والشيخ "عمر"، تفضلا حضرت لكم الطعام لقد حضرته بنفسي، أنا أعلم أن الشيخ عمر لا يفضل أكل أحد غيري، يحب أن يأكل من يدي.

فابتسم الشيخ عمر ثم قال: يا حبذا لو كان من يد "فاطمة" فإن يديها تحول كل شيء إلى جنان، إن كان طعامًا، فكأنه من طعام الجنة، وإن كان كلامًا، فهي تتحدث كأنها من أهل الحور العين.

قالت فاطمة: ألا يكفي؟ كأنك يا عمر تناسيت أنك في عزاء عمك!

فقال عمر في دهشة: فاطمة؟ أعتذر منكِ يا فاطمة، لا تغضبي مني لقد تماديت.

فنظرت إليه ثم أرادت أن تذهب إلى غرفتها فقال لها مدحت:

- لا تصعدي إلى غرفتك، انتظري؛ أريد التحدث إليكِ قبل السفر وبحضور عمر ابن عمك، أنتِ تعلمين جيدًا عن ماذا أتحدث، أليس كذلك؟!

قالت: بلى أعرف يا مدحت، ولكن لا أريد أن أسمع ما تقول.

قال لها: لكننا مسافران يا فاطمة، كيف تتركيني وأنا أتحدث معك وابن عمك موجود معي من أجل...

فقال له عمر: أخفقنا كثيرًا في مشاعرنا، حتى ظنوا أننا بلا مشاعر يا مدحت! طالما فاطمة لا تريد الزواج مني، فأنا لا أقبل أبدًا أن أجبرها عليَّ.

فقال مدحت: فاطمة، أنا قطعت وعدًا ولم ولن أحيد عنه أبدًا.

- اهدأ يا مدحت، اليوم عزاء والدك وأنت تتحدث عن موعد الزواج؟!

- أمي، أستسمحك بالله إياك أن تتدخلي في زواج فاطمة من عمر مرة أخرى؛ لأنك تعلمين جيدًا من هو سبب تعطيل زواجها لعدة سنوات، لن أنتظر أكثر من ذلك على موعد زفافك يا فاطمة أنت والشيخ عمر، فموعده منذ زمن وأبي -رحمه الله- كان سيحضر زفافها هي وعمر لكن "خالد العرجي" يا أمي، "خالد" كان سببًا في هلاك أخي "مراد"، وحتى هلك قلب أختي بسببه، والله لا أكن مدحت المغربي إن لم أكسر ضلوع "خالد" وأحرمه من أختي، وأنا سوف أسافر وأول إجازة لي أنا وعمر اعرفي أنه سيكون يوم عرسك يا فاطمة.

فلنذهب يا شيخ عمر حتى لا نتأخر على عملنا وسفرنا لن يطول حتى أعود إليك يا فاطمة.

- لا حـول ولا قـوة إلا بـالله، عمـر، مدحت، بـالله عليكمـا، لا تسـافر يا مدحت وأنت غاضب، اصبر لطلوع النهار.

قال مدحت: أمي، في حفظ الله، نلتقي قريبًا على خير.

مدحت: اسمعني...

تركها وذهب إلى الخارج فقالت: يا عمر بالله عليك اهتم لأمر مدحت.

عمر: سـوف أفعل إن شـاء الله يا زوجة عمي، السـلام عليكم ورحمـة الله.

وعليكم السلام يا بني، ربي يحفظكم بحفظه ورعايته.

وجلسـت تبكي مكانهـا؛ لقد امتلأ البيـت بـالأحزان، ثم دخلت عليهـا أم عائشـة تهرول.

فقالت لها السيدة سعاد الشافعي: خيرًا يا أم عائشة؟

قالت أم عائشة: نجمة سالم تريد الدخول إليك من أجل العزاء.

قالت سعاد الشافعي: أغلقي في وجهها الباب يا أم عائشة.

بعد 7 شهور من موت الأب فتحي المغربي

رجع "جلال الدين علي" من السفر عندما علم بموت صاحبه "فتحي المغربي" وهما شـريكين في مجموعـة مـن الشـركات، وبعد رجوعـه من روسيا أراد الزواج من "سعاد الشافعي " ثم قالت له سعاد:

- لا أعلـم يـا سـيد جلال، سـوف آخـذ رأي "مـدحت" و"فاطمـة"، ولا أستطيع أن أقول لك نعم، حتى يوافق مدحت على زواجي منك.

قال لها جلال الدين:

- سـوف يوافـق مدحـت، هـو يحبنـي وربيته مـع أولادي، ألا يـرى أني أكثر من حافـظ لـه علـى مـال أبيـه! شـاب غيـره كان تـرك شـغله فـي شـركة البتـرول وتفـرغ حتـى يـدير مـال أبيـه، اتصـلي عليـه يـا سـيدة سـعاد، وسـوف أنتظر ردك لكن ليس لدينا وقت.

قالت له سعاد:

- إن شـاء الله سـوف أسـعى علـى إقناعه حتى يوافـق على زواجي منك يا جلال الدين أنا عندي ما أقوله له.

قالت فاطمة: وماذا عندك يا أمي حتى تقنعي به أخي؟ قولي لي ماذا عنـدك يـا أمي؟ كل تلك السـنوات تعيشـين وكأنـك في الجنـة مـع أبي، والآن ماذا لديك أن تقوليه لمدحت يا أمي؟ هذا الزواج لن يتم أبدًا من طرف مدحت، اعلمي هذا يا أمي العزيزة.

قالت سعاد: ولكن يا "فاطمة" أنا لم اقصر معك في شيء، نفد عمري كله في تربيتك أنت و"مدحت".

قالت فاطمة: إن هذا واجب عليك يا أمي.

وقالت لـه: أنا أريد إسـعاد أمي سـيد "جلال"؛ طالمـا سـتكون سـعيدة لا أعـارض أبـدًا، أعتـذر منـك سـيد جـلال، سـوف أتـرككم لأتمشـى في بستان البيت.

قال لهـا: كما تشـائين يا ابنتي الجميلة، وأنا أيضًا يا سـيدة سعاد لدي ما أنشـغل به، وسـوف أنتظر ردك بإذن الله، فليس لدي وقت حتى أمكث في مصر أكثر من ذلك، علينا أن نسافر إلى روسيا.

ثم ذهب. أمسكت تليفون البيت ثم دقت الجرس لعدة مرات فرد عليها العامل على رد الهاتف في الشركة وقال: السلام عليكم ورحمة الله.

قالت له سعاد: عليك سلام الله لو سمحت أريد التحدث مع المهندس مدحت المغربي.

العامل: حسنًا يا فندم، عليك الانتظار قليلًا.

مدحت: أمي العزيزة كيف حالك؟

- كيف حالك يا بني؟

- الحمد لله بخير، خيرًا يا أمي؟ فاطمة حدث لها مكروه أم حدث لخطيبتي وفاء شيء؟

قالت: لا يا بني الكل بخير.

قال لها: طالما الكل بخير؟ إذا تفضلي يا أمي أنا أسمعك.

قالت له سعاد: يا بني إن عمك "جلال الدين علي" رجل ودود وحافظ على مال والدك، وهو رجل شريك معنا في كثير من الأعمال والمصانع، وهو رجل نعرفه منذ الصغر.

مدحت أي وماذا؟ ثم قال: لا يا أمي، إياك أن تقدمي على شيء قبل أن أجيء إليك من السفر.

قالت له: بني، لكنه هو ليس لديه وقت، فهو على سفر إلى روسيا.

قال: مدحت ولكن ماذا؟ كان ينقصك أيام أبي يا أمي؟ ماذا؟

قالت سعاد: لكن لدي أسبابي يا مدحت، أسبابي الخاصة.

قال: ما هي يا أمي يا أسبابك؟ إذًا سوف تقولين لي أنك كنت في سجن مع أبي أليس كذلك؟ تريدين أن تتحرري من سجن أبي مع هذا السفيه "جلال الدين" ألا يستحي هذا الرجل أن يطلبك للزواج مني؟! إياك أن تفعلي أي شيء وقد أخبرتك برأيي، تريدين أن تخرجي من سجن أبي وتغادرين البلاد؟ تريدين أن يرجع شبابك مع "جلال الدين" وتذهبين عند الأقارب؟ لقد فعل فتحي وفعل بي فتحي؟ ألا تستحين من عمرك ونفسك عن التحدث عن أبي؟ لقد سجنك أبي في البيت لكنه كان يحترمك ويقدرك يا أمي وسوف تندمين لاحقًا.

تريدين السفر حقًا؟ سوف آخذ إجازة من أجلك يا أمي وأتزوج ونسافر لروسيا معًا وتكونين معي أنا وحبيبتي وفاء، أمي، لا تهدمي علاقتي بك، ودعك من هذا، جلال الدين يغادر لروسيا بمفرده، ليس لدي ما أقوله لك، فلدي الكثير والتحدث عنه عندما آتي لك من السفر، أمي؟! يبدو أن الخط قد انقطع.

ثم رأتها فاطمة وقالت لها: أمي لماذا وجهك عابس هكذا؟ لم يوافق أليس كذلك؟

قالت لها الأم: بلى, لم يوافق؛ لقد عجزت أن أقنعه، كنت أعلم ذلك، سوف أتزوج يا "فاطمة" وليفعل مدحت ما يفعل.

الفصل الرابع

انقلبت الدنيا على موت "مدحت" لقد كان الجميع في صدمة عارمة، والحزن خيم عليهم جميعًا وأتى "عمر" في غسل "مدحت" من قبل في المشـفى, ودخـل البيـت بجثمـانِ مـدحت، وهـم يبكـون فـدفن بجـوار البيـت في مقبرةِ العائلـة، ولـم يسـتطع عمـر أن يقـرأ القـرآن في عـزاء مـدحت، لقد كان أخـاه ورفيـق دربـه، فلقـد اسـتحوذ عليـه الحـزن مما أصـاب مـدحت بعـدما رآه وهـو يغسـله، لقـد أخفى الحـادث ملامحـه تمامًا ثم اعتكـف في البيت لعدةِ أيام، بعدهن تحدث عمر مع فاطمة وقال لها:

- أنا مسـافر، لكـن أحببـت قبـل أن أغـادر أن أسـمعك مـا قـد قالـه لي مدحت عنك.

نظرت إليه نظرة ثم طال صمتها. قال لها عمر:

- لا أريـد أن أراك تـذرفين الـدمع، لا أريـد أن أراك هزيلـة وضـعيفة، أريـدك دائمًا قويـة وصلبة لا هشَّـة هكذا يا فاطمـة، اجلسي فأنت لا تستطيعين الوقوف على رجليك، سوف أطلب لك الطبيب.

ثم أمسكت فاطمة بطرف بدلته ونظرت إليه. فقال لها عمر:

- أعلـم مـا تطلبين مني، لكـن لا أسـتطيع أن أخـالف "مـدحت" رحمـه الله، أنت وصية مدحت لي يا "فاطمة"، غير أني لا أستطيع التفريط بك، أنا مغرم بك وأنت تعلمين بذلك، سوف أسافر يا فاطمة، لكن عند رجوعي بعد عدة شهور سوف تذهبين معي إن شاء الله.

نظرت إليه ولم تنطق بكلمةٍ ولم تذرف الدمع، فانطلق عمر لعملية في شركة البترول شمال سيناء.

أصبحت الحياة ليس لها معنى دون أخيها مدحت ووالدها فتحي المغربي، وبعد شهرين مرَّ الوقت بالبطيء، كان مرور الزمن ثقيلًا على قلبها كحميم منصهر.

رجع عمر من السفر وذهب إلى بيت فاطمة، حتى يراها، فطرق باب البيت فتحت له أم عائشة قالت له: الشيخ عمر! تفضل، سوف أخبر السيدة سعاد أنك عدت من السفر.

رأته "فاطمة" من النافذة ونادت أم عائشة على الست سعاد وطرقت عليها باب الغرفة ففتحت لها سعاد، وقالت لها:

- من الذي قد أتي إلينا يا أم عائشة.

قالت: إن الشيخ عمر ينتظركم بالأسفل في الحديقة ومعه أهله.

أصاب الصمت سعاد. ثم قالت: يا رب، أدعوك أن يمر اليوم بسلام وأمان؛ إنه يوم عصيب على ابنتي "فاطمة"، يا رب أسألك الهدى لابنتي لتتزوج من عمر؛ لأنه شاب خلوق؛ فهو شاب وسيم وحافظ للقرآن ومهندس، ماذا تريد غير ذلك؟ أي فتاة تتمنى هذا، وهو أيضًا يحبها كثيرًا يا جلال.

فقال لها جلال: لكن أنت تعلمين جيدًا يا زوجتي أنها لن توافق أبدًا على عمر.

- والذي تريده يا جلال يتسحيل أن ينطق، الذي أتعبني وأتعب ابنتي سنوات يا جلال، تعاني من أجل خالد العرجي وهو لا يأبه إلها، وصمته طال حتى ضاعت السنين، تصرَّف أنتَ معها أرجوك، لعلها تقتنع بكلامك، هي تستمع لمشوراتك وأنت تعلم بذلك.

- حاضر يا زوجتي العزيزة، لكن دعينا لا نتأخر على الضيوف.

نادت سعاد على ابنتها فاطمة، فردَّت فاطمة قائلة:

- نعـم يا أمي، أعـرف ما سـتقولين لي، لـن أبـدل ملابسـي، سـوف يراني هكذا.

ثم قال لها جلال: سـوف أسـافر يا فاطمة مع سـعاد إلى روسيا، أردت أن تسـافري معي أنا ووالدتك، لكن أنت ستتزوجين.

قالـت لـه: لا يـا عـم جلال، لا تقل أني سـأتزوج، بل قل سـوف أغـادر معك.

فقال لها:

- أعلم جيدًا سبب حزنك الشديد، لكن حياتك الشخصية لم أتدخل بها، سأسـافر مع زوجي؛ لكني لا أعلم متى يحين الرجـوع، فأنت تعلمين طبيعة عملي، كله خارج مصر سـوف نغادر إلى روسيا، إياك أن تتزوجي بتلك الحماقة من ابن عمك، وأنا يا حبيبتي مكان والدك فتحي رحمه الله، يستحيل أن أفعل شيئًا دون رضاك يا ابنتي الغالية.

فقالت له: سوف أفعل ما أريد، ولا تعنيني وصية مدحت رحمه الله في شيء.

ثم نزلت من غرفتها وهى على الـدرج رفعت عينها فـرأت خالد أمامها، فوقعت من الـدرج وإذ بخالد أمامها فنظرت إليه واقترب منها فقالت له: لقد اشتقت إليك.

فقال لها خالد: أتيت حتى أراك قبل السـفر، أعني العم جلال والخالة سـعاد، علمت أنكم مسـافرون إلى روسيا وأحببت أن أعطي لك شـيئًا

يخص "هشام جلال الدين" فإن له معي أشياءً منذ زمن بعيد ما زالت معي.

ثم ابتسمت فاطمة ابتسامة خفيفة ثم أصابها الصمت. وقالت لخالد: إذًا أنت لم تأتِ من أجل "فاطمة العمر".

فدخل عمر حتى يستعجلها فنظر إليها رآها تبتسم فقال لها عمر: إذًا خالد هنا! يعني أنا منتظرك في الحديقة، وأنت تتسامرين مع خالد هنا! تبتسمين وتتمايلين لخالد؟

ثم أمسك بمعصم كفيها بحدة، فنظر إليه خالد وقال له: اترك يدها.

فقال له: عمر، هذا شيء لا يعنيك، هي خطيبتي.

فأخذ خالد نفسًا عميقًا، وشاح بوجه، فتركهم وأصابته الصدمة مما سمع، ثم نظر لهما وذهب وهو غاضب واصطدم في كتف عمر بقوة، وخرج مسرعًا إلى بيته؛ دخل إلى بيته غاضبًا وأخذ يضرب في عاصف ضربًا مبرحًا، قام البيت كله من أوله إلى آخره.

فنادت أم الخير على السيدة عزيزة: أسرعي يا سيدة عزيزة.

- خيرًا، خيرًا يا أم الخير؟

قالت لها: دخل وهو غاضب، خالد غضبان، ودخل عند عاصف.

قالت لها السيدة عزيزة: عاصف؟ والله لقد دخل على عاصف؟ ماذا تقولين؟ عاصف يا أم الخير؟!

- لقد كسر باب البيت وضرب أعناق الخيل، سوف يقضي عليهم جميعًا إن لم تدركي الأمر يا سيدتي؛ لم أره من قبل هكذا!! اذهبي يا سيدة عزيزة، أنت فقط من تستطيع أن تهدئ من غضبه.

فذهبت إليه أمه وقالت له: خالد!

لم يلتفت إليها ولم يستطع أن يرد عليها، ثم رفع يديه وأشار إليها أن تتركه وشأنه.

مكثت وراءه وطال صمتها ثم قالت في نفسها: لا فائدة من مكوثي هكذا!

فقد أصابها اليأس أن تروضه وتهدئ من روعه، وذهبت حتى تكلم الطبيب حاتم.

دعني أجعلك تسمع وترى أقول لك أقرأ أنت يا عاصف، جعلني أقرأ عليك ما كتبته من أجل "فاطم العمر" سوف تتزوج وتتركني "فاطمة" يا عاصف! خالد يعاني من أجل "فاطم العمر" يا عاصف! ذهبت إليها حتى أبلغها بميعاد زفافنا يوم الجمعة 11 محرم. لقد كدت أتزوج فاطمة بعد يومين يا عاصف، حال بيني وبينها القدر وعمر ابن عمها. كتبت لها أني أفنيت عمري في حبك يا "فاطمة"، كنت أعتقد إنها سوف تفرح، لكن عمر يا عاصف!

لقد سئمت من الحياة، سئمت؛ لا أنا لم أسأم من حياتي، لكن لعلي خائف أن يطلع الناس على ضعفي، فقد أخفيت الخطاب عندما رأيت عمر، وكذبت عليها وقلت لها إنها لهشام أو لعلي أخاف أن أفقد فاطمة للأبد.

يا رفيقي لماذا تنظر إليّ هكذا؟ أنت أيضًا قيدت حياتك مثلها، أخبرني يا عاصف، ترى ما مدى انتقامك مني؟ لماذا لا تتحدث سعي؟ أخبرني!

هو لن يخبرك بشيء يا خالد، هو عدوك يا خالد، عدوك! لماذا لا تريد أن تعترف بالحقيقة؟ هو عدوك!

فنظر خالد إلى الطبيب حاتم وقال له: لماذا تقول هذا الكلام؟

قال له حاتم: أرني يدك وأنا أخبرك من هو عدوك يا خالد، تعالى معي يا خالد فإن يدك تنزف دمًا.

فقال له: لا تلمس يدي، أتركها لو سمحت يا حاتم، دعني في غربتي، أتركني وشأني فإن كلامك يزيدني توترًا.

وذهب إلى المزرعة وجلس فيها، وهو ينظر إلى "فاطمة" وهي جالسة أمامه مع عائلة "عمر" ثم نظر إليها من بعيد خلسة، وهي أيضًا تركت من يتحدثون ونظرت إليه خلسة نظرات متبادلة، ومن النظرات أن تصنع أجنحة؛ قام يدور ويتمشى في المزرعة متخبط المشاعر يمشي دون وزن حول نفسه حائرًا مثل الطير الجريح، أحضرت أم الخير المربية كوبًا من القهوة ووضعته على الطاولة، فصمتت ثم ذهبت وجلس يتناول قهوته في صمت.

ثم كتب خالد:

"وكنتُ قد خبأتك في مجاهلِ القلب؛ حيث لم يهتدِ إليكِ أحد من النساء قبلك، ألا فليعظم الله أجر العاجزين يا فاطمة عن وصف مشاعرهم المكبوتة بين أضلعهم."

نادت عليه أمه قائلة: خالد، تعالى من أجل الطبيب يا بني.

خالد لم يسمعها فاقتربت منه وهو أمامها قائلة:

- خالد، لقد انسكبت قهوتك عليك وأنت لا تبالي، لقد حضر الطبيب حاتم من أجل "عاصف"؛ لأنه لا يأكل ولا ينام وحالته النفسية سيئة جدًا من أجلك.

وضعت يديها على كتفيه: تعامل معه باللين يا بني.

ثم صكت وجهها من جرح يداه وهو ينزف، رأت كسر الفنجان والطبق على الطاولة وصمتت ثم دخل الطبيب بالصدفة مقابلته.

وقال له حاتم: إن هذا الجرح لا بُد أن يتطهر يا خالد.

فقال له: ليس بالمهم.

ردَّ حاتم: خالد، إن جرحك بسبب "عاصف" وليس بجرح الفجان؛ لقد أخفيت على الحاجة أن "عاصف" قد هاجمك اليوم.

فقال خالد: فإني مسافر لدي الكثير من العمل.

فنظر إليه الطبيب ولم يسمح له بالمغادرة، ثم داوى له الجرح وقال: إن عملك في مكانة حساسة في الدولة يا خالد، لماذا كل هذه الحدة حتى مع عاصف! أصابه الهم والحزن بسببك: لقد أصبح عاصف من أعدائك.

قال له خالد: ولكن أنا لا أستطيع يا حاتم أن أتحدث في أي شيء الآن، لقد استحوذ عليَّ شيء واحد وهي فاطمة؛ فإن بالي مشغول بها ومعها في بيتها.

ثم نظر خالد إليه وقال له: شكرًا يا حاتم على اهتمامك بـ"عاصف" ورفيق عاصف.

ثم ابتسم وتركه وذهب لعاصف حتى يكمل علاجه.

الفصل الخامس

بعد أن فرغت من الحديث مع عمر في بيتها تركتهم وذهبت تتحدث مع خالد، فقد كانت المزرعة وبيتها جدارًا واحدًا.

ثم اقتربت منه فقال لها: أنا أيضًا مسافر إلى بريطانيا.

فنظرت إليه وقالت: ألا يكفيك كل هذا السفر؟

وشاحت بوجهها عنه وأردفت: ما أردت شيئًا سوى أن تنظر في قلبي، لكنك لم تره أبدًا، إلى متى ستظل بعيدًا؟!

وضع يده على كتفِها وصمتا معًا، ثم همت به وهم بها فضمَّته وقالت له: ماذا تساوي مدينة لست فيها يا خالد؟ أنت في المخاطر دائمًا، لكنك لست موجودًا!! لم أطلب من نعيم الدنيا شيئًا غير أن أحظي بك، لكن قدري ألا أحظ بك أبدًا أبدًا مادمت حيًا، عبثًا أحاول.

لا تتحججي بقسوتي
فمن أعجزته صلابة المحارة,
خسر لؤلؤها.

نظر إليها، ثم تركتـه وذهبـت تهـرول إلى غرفتهـا تـذرف الـدمع وتسـأل: "لماذا يتعامل معي هكذا رغم أنه لم يرد على خطابي الأخير؟ وتركني لعمر ابن عمي أنا في حيرة من أمري!"

وعينيها لم تغادر شرفة غرفتها.

طلع خالد إلى غرفته متخبط المشاعر مما حدث فدخل غرفته ونظر: أمي!

قالت لـه: لـم يسرني مـا رأيـت يا بني فلقد قال: النبي صلي الله عليـه وسلم: يا بني ليس للمتحابين إلا الزواج.

قال خالد: عليه أفضل الصلاة والسلام، لن أستطيع أن أبرر إليك ما حدث، وما رأيت في منامي اليوم أنا وفاطم العمر يا أمي، غير أني أمامك في خجلٍ عظيمٍ وأعترف بخطئي في فهذا، حقك عليَّ؛ قريبًا جدًا يا أمي سوف أجعلك تحملين أطفالي، لا تحزني من أجلي فإن محو فاطمة من ذاكرتي لا يتم؛ إلا ببتر جزء من قلبي، وجزء من ذاكرتي. لكن يا أمي أي جزء يا ترى أستطيع تمزيقه، أو بتره لكي أمحيها منه لا محالة؟! فقد هلكَ بُنيّك يا أمي، هلك خالد والله؛ لكن يا أمي أنا أتساءل لماذا تتعامل معي هكذا؟ وأنا قد أرسلت لها خطابًا بأن لا تتزوج من رجلٍ غيري ولا تخطب أبدًا.

قالت له أمه: سوف أسألها غدًا يا بُني حتى نعرف سبب ذلك، وسوف أتركك يا حبيبي حتى تصلي ركعتين وأُحضِر لكما الطعام؛ لأن أخاك على وصول من السفر إن شاء الله.

ثم طرق "علي جلال الدين" أخيه باب الغرفة مرتين فلم يجب عليه أحدٌ فدخل، فرآه يصلي ونظر في الغرفة، كل شيء ليس في مكانه فجلس في مكانه, وحينما فرغ من صلاته نظر إلى علي ثم أخذه وضمه. وقال له خالد: الحمد لله على سلامتك.

فقال له علي جلال الدين: سلَّمك الله، عند دخولي للبيت سمعت صوتك أنت وأمي، وها قد رأيت بعيني غرفتك، لقد صببت غضبك كله عليها فابتسم.

وقال له خالد: هكذا يفعل بنا العشق يا أخي.

فضحك علي، وقال له: لا سيدي ليس لدي عمر مثلك حتى أضيعه في العشق، أنا رأيت ماريا وانتهى الأمر على ذلك، لست مثلك لقد خالط المشيب شعرك.

ثم أردف عليّ: لماذا يا خالد تمشي كل تلك الأعوام أنت وفاطمة على الزجاج المكسور؟ من يدفع ثمن تلك السنوات؟ سل نفسك يا خالد من المسؤول؟ أم تريد أن تقيّدها كما قيدت خيولك لعدة سنوات!؟ سل نفسك يا خالد من ضيع زهرة شبابها من أجلك! سل نفسك يا أخي من هي تلك المرأة التي تنتظر صاحب البريد كل شهر حتى تكتب لها!؟ أليست فاطمة؟ لماذا أنت هادئ هكذا لا تحرك ساكنًا يا خالد؟

فقال له خالد: ارجع إليها ثم اسألها من المسؤول! من يا علي! هي سوف تخبرك جيدًا بخطبتها لرجلٍ غيري، إنها تعلم جيدًا أن مدحت رحمه الله كان بيني وبينه عدواة من موت "مراد"، لكنها ماذا فعلت يا علي؟ أدخلت رجل غيري لخطبتها، حتى أنت أخي لا تعرفني! وهي أيضًا لم تستطع بعد تلك السنوات أن تفهمني جيدًا.

فقال له علي: لا، لا يا خالد، أعرفك جيدًا، أعرف خالد الذي يقيد الخيول؛ منذ سنوات مقيدة بالسلاسل في مكانها ولا أعرف غير ذلك عنك، تريد تقييدها بالسلاسل مثل خيولك؟ أردت ذلك لفاطمة الرقيقة الزهرة التي ذبلت من أجلك يا خالد؟

فرد خالد: أخبرني يا علي لماذا وافقت مدحت على خطبتها إذًا من الشيخ عمر ابن عمها؛ وهي تعلم جيدًا بغيرتي، عنادي وإصراري؛ وأن المرأة التي تكون لي، لا أعفو عنها أبدًا حتى لو كانت متزوجة من رجلٍ غيري على سنة الله ورسوله.

فعارضه علي قائلًا: غيرتك أعمت عينك يا خالد، ما هكذا خلقت الغيرة! الغيرة تجعل الحب يكتمل ويزداد أكثر. لكنك أغلقت قلبك أم فاطمة؟

قال خالد: لا تقل قلبي يا علي؛ ولكن قل عيني، أغمضتها نعم إلى الأبد.

قال له علي: وكأني مصدوم فيك وفي قرارك، وكيف تستطيع بكل هدوئك أن تجعل رجل غيرك يحظى بها يا خالد؟ أعلم جيدًا مدى حبك لفاطمة، أرجوك يا أخي فأنا أسمع أنين قلبك وهو يتألم من فراقك لها، خالد، أنت أصبحت رجلًا محطمًا فعليًا، تحمل عذاب كبريائك وحطم ما يجب تحطيمه في نفسك، وأمض في طريقك يا أخي.

قال له خالد: علي، لقد أغلقت هذا الموضوع ولا أريد التحدث فيه مرة أخرى، لقد انتهي ولا كلام يعلو كلمتي.

قال له علي: لكن يا خالد، هلا فكرت قليلًا لماذا هي وافقت عليه؟ لعلها بسبب أنها يئست منك، وأنت تعلم جيدًا أنها وافقت على عمر..

خالد: علي، أغلق هذا الموضوع! فاطمة لم تعد موجودة من اليوم.

فنظر إليه علي وصمتا معًا. ثم أردف خالد: لا تحزن مني يا علي، فإن همي كبير. ودعنا نفرح اليوم بفرحك.

فقال له علي: لقد جعلتني أنسى أن اليوم فرحي بهمومك يا خالد. لكنك لم تسافر حتى تحضر لي زفافي، سوف تسافر ولم تحضر زفاف أخوك.

فقال له: لا، سوف أسافر بعد غد إن شاء الله، علي، أخي أعتذر منك فكان كلامي حادًا معك لكنك أخي.

قال له علي: لا عليك يا خالد، فإن المدينة كلها لا تذكر إلا قصتك أنت وفاطمة؛ طالما لا يوجد فاطمة من اليوم، علينا أن نجد لك زوجة في الزفاف، ويمكن عروسك أيضًا يكُن لها حظ من اسم فاطمة.

فضحكا معًا وأردف: من الممكن تلك المرأة تنتظرك حتى تهرم وتصبح شيخًا كبيرًا في العمر.

فابتسم خالد وقال له: اذهب، دعك مني.

فتركه "علي" حتى يجهز للعرس، فتزين البيت، وجاءت أم الخير بفنجان القهوة لخالد ودخلت عليه ووضعت الفنجان في يده ونظرت

إليه، ثم قالت: يا بني، أين أضع طبق القهوة غير على كفيك؟ فكل شيء في غرفتك قد تدمر.

فنظر إليها وقال لها: آه يا أم الخير لو تعلمين من أجل ماذا تحطم كل زجاج غرفتي!؟

فقالت له: لا يا بني إن من تحطم ليس زجاج غرفتك بل تحطم قلب صاحب الغرفة؛ فأصبح حطامه لا يلتئم أبدًا، يا رب نجِّ ابني من هذا الحطام. سوف أُحضِّر لك غرفة أخرى لحين عودتك إلى غرفتك مرة أخرى.

فنظر إليها وصمت، فتركته ونزلت للبيت مع الخدم لتحضير العرس. وامتلأ البيت بالضيوف، ونزل خالد من غرفته، عندما رأته أمه قالت له:

- تعال يا بني حتى أعرفك على "زهرة الشامي" فإنها امرأة جميلة كما ترى، وهي من الشام وقريبة العروس.

فقال لها خالد: لقد تشرفنا بكم في عرس أخي.

فابتسم لها وتركها والتفت يمينًا ويسارًا وإذ ينظر هنا وهناك؛ ومن ثم رفع عينيه فرأى "فاطمة" تداعب ابنة أخيها "هشام" فاقتربت منه وبصوت منخفض قالت له: أراك تبحث؟

فابتسم لها؛ وقالت له: أنت تخطف الأبصار يا خالد، يكفيني من الدنيا طلتك من بعيد، لو اطلعت عليك ما بقى لي من الزمن، ما شبعت عيني منك.

فأخذ نفسًا عميقًا وابتسم، وقال لها: أعتذر منك يا "فاطمة" لدي ما أنشغل بيه.

فنظرت إليه وعبس وجهها. ثم قالت لها والدتها: كُفي عن عبس وجهك لقد أطفأ ابتسامتك، فقد علم الحضور لم تعبسين.

لم يبعدا نظراتهما عن بعضهما هو جالس مكانه وهي تقف في مكان آخر؛ لكنهما مجتمعان كل في قلب وعين الآخر، انشغل الناس في

العرس وتسامروا، وأكلوا، وانتهى العرس على خير والكل بارك للحاجة "عزيزة" و"جلال الدين علي" والد العريس، وطلع علي مع زوجته مارية وجلس "خالد" في المزرعة حتى أذن الفجر، فطلع غرفته وصلى واسترخى على سريره يفكر ويفكر؛ حتى نعس مكانه فنام وإذ بفاطمة تلبس فستانًا أبيضًا وتجلس في مكانها وتجري فجأة، وخالد ينظر في وجهها وهي تبتسم، وفجأة صرخت بصوتٍ عالٍ "خذني يا خالد لا تتركني وحيدة." ثم تغير لون الفستان من الأبيض إلى الأسود ووقعت من على الكرسي على خالد.

استيقظ خالد من نومه مفزوعًا: بسم الله الرحمن الرحيم، أعوذ بالله من الشيطان الرجيم، شرب كوبًا من الماء الدافئ قائلًا: خير اللهم اجعله خيرًا.

الفصل السادس

أصاب خالد الأرق ولم ينم له في ذلك اليوم وظل مستيقظًا حتى الصباح، وأحضرت أم الخير الفطور في المزرعة، كان يرى "فاطمة" من نافذة الغرفة ثم طرقت الباب.

وقالت له: يا بني الفطور جاهز.

فقال لها: حاضر، سوف ألحق بك.

فنظر من النافذة ليراها ثم غفي قليلًا في النافذة تنتظره أمه عزيزة، وعلي ومارية وحسين ولا يستطيعون مد أيديهم على الطعام حتى ينزل خالد، ثم طال النظر من النافذة على فاطمة لكنه غفيَ فطرقت الباب للمرة الثالثة، ثم قالت المربية: يا بني أخوك وزوجه وأمك ينتظرونك على الفطور فانزل إليهم ولا تتأخر.

فقال لها: لا يا أم الخير قولي لهم يسبقوني على الفطور.

ردت عليه: يا بني، لكن.. لكن..

قاطعها خالد: لستُ بجائعٍ، كيف لي أن أشرح لك يا أم الخير؟ لستُ بجائعٍ، لا أريد أن أفطر.

فدخل عليه حسين وقال له: أخي صباح الخير.

خالد: حبيبي صباح الخير.

حسـين: أخي أعرف همك؛ لكن أمي بانتظارك على الفطور، لا تتكلم، ستنزل حتى لـو لـن تأكل شـيئًا، سـتنزل من من أجلي يا خالـد! أريد أن أجلس معك.

فابتسم في وجهه أخيه وهو عابس الوجنتين، ونزل معه ثم جلس على الفطور ولم يتحدث بكلمة واحدة.

فقالت لـه أمـه: خالـد، بمناسـبة ترقيتك سـوف أعزم الخالـة سـعاد، والعـم جلال الدين اليـوم على الغـداء، وأيضًا كنـت أقترح أن نخطب "فاطمة" اليوم.

فنظر إليهـا ثم صمت وأمسك بطرف مفرش السـفرة وجذبه إليه بقوة وألقى به على الأرض؛ فتطايرت الأطباق والفناجين على الأرض وذهب غضبانًا ولم يع بوجود أي من إخوته أو مارية زوج أخيه.

فقال "علي" لأمه: أنت من فعلتِ ذلك بخالد، رغم أنه ليس ابنك، لكنك تعاملينه أفضل مني أنا وأخي حسين، وقد تمرَّد عليكِ يا أمي.

قالـت: علي! ليس هـذا وقت مواعظ، اذهـب وراء أخيك، فهـو رجل يعاني من الفقد، أنا أعلم جيدًا ماذا عليَّ أنا أفعل يا علي.

قـال لهـا علي: يبدو أن حضـرتك نسـيتي أن ابنك عريس، أهـم شيء راحة حضـرة الضابط خالد صاحب النجوم والأملاك، أنا أعلم لماذا تفرقين بيننا، لأن أبدًا ما أحببتِ أبي "جلال" فلتذهبي وراء ابن زوجك، ابحثي عنه، المزرعة أمامك يا أمي.

فتركته وذهبت تسأل عن خالد أم الخير، قائلة: لدينا ضيوف اليوم. صحيح يا أم الخير ألم تري خالد؟

فقالت أم الخير: حضر خالد ودخل حتى يرى عاصف.

قالت لها الحاجة: أم الخير، أقلتِ عاصف؟ لكنه لم يره منذ شهور! يا رب سلم!

ذهبت مسرعة في لهفة، ودخلت عليه فإذا بخالد يُروِّض عاصف؛ لكن عاصف تمرد عليه حتى كسر باب غرفته وجرح نفسه، فقال خالد:

- عاصف! ماذا حدث لك يا "عاصف"؟! ماذا أصابك يا رفيقي العزيز ورفيق دربي؟ فأنت كأنك تعاني مثلي يا كاتم أسراري!

دخلت عليه أمه عزيزة، ثم قالت: خالد يا بني، يا حبيبي.

ضمته ثم أردفت: زاد قلقي عليك عندما علمت أنك هنا عند "عاصف" فهو لم يرك منذ بضعة أشهر، لقد خفت عليك أن يصيبك مكروه منه.

فدخل "الطبيب حاتم" وقال له: إن "عاصف" أصبح عبئًا عليك يا خالد، اتركه، فعاصف أصبح مكانه الموت أو الغابات، فهذا سبب هلاكك.

خالـد: ألـقِ السـلام عليَّ أولًا يا حاتم، ثـم بعـد أحزنني بتلك الكلمـات البائسات!

فقـال لـه الطبيـب: ومـا الـذي يجـب قولـه في حالتـك يا خالـد؟! أنت السـبب في حالتـه النفسـية بسـبب هجره بالسـنة والاثنين، غير مرضـه، غيـر أنـك قيدتـه في مكانـه لسـنوات فلـم يـرَ الشـمس، ولا يخـرج حتى ليمارس حياتـه اليوميـة، وفعلـت كما فعلـت المرأة العاصية مع الهـرة؛ لا هي أطعمتها ولا تركتها تأكل من الأرض، يا خالد أنت بارع في إيذاء من تحب، أنت بارع في إصابة من تحب بعدة أمراض دون أن تكترثْ، كما فعلـت مع "فاطمة" قيدتها طوال السـنوات في مرابطك ولكنك تركتها تعـاني مـن ورائك كل تلـك السـنوات، وأيضًا لا تكتـرث بمـا أصـابها في غيابك.

فقال له خالد: أنا متعب جدًا اليوم، ليتنا نتناول القهوة قبل الغداء، سـوف نتناول الغداء اليوم مع بعضنا البعض.

فـذهبا إلى المزرعـة ليشـربا القهـوة، وبعـدها إلى الإسـطبل حتى يطمئنا على باقي الخيول.

ثـم قـال لـه حـاتم: متى يا خالـد نفـك قيـود الخيـل؟ فقـد زاد عـدد السـنوات وهم مقيدين، متى يا خالد! أرجوكَ اسمح لي أن أفك مرابط الخيـول، وكنت أريد أن أفتح معك موضوعًا هامًا جدًا.

فقال له خالد: ألا وهو؟

حاتم: أريد أن تذهب إلى الطبيب النفسي شعبان صالح.

فنظر إليه خالد وقال: إياكَ أن تذكر هذا الرجل أمامي مرةً أُخرى؛ ألم يتّهمني شعبان هذا بأني رجلٌ جاحد، وطبعي حاد، وذو بأس شديد وقلبي لا يلين، ورجل عنيد! ألم يقل عليَّ أني رجل مغرور وبائس؟ ألم يقل عليَّ أني لا أستحق كل هذا المال الذي ورثته عن أبي العرجي سليل أكبر عائلة في البلد؟ ألم يقل لك أن خالد لا يستحق منصبه ذلك في الدولة؟ أنا "خالد العرجي" يا حاتم لن أفك قيود الخيول طالما لم يرجع "مراد" من مرقده مرة أخرى للحياة، أعِد لي يا حاتم "مراد"؛ وحينها سوف أحرر الخيول.

فدخلت عليهم أم الخير المربية وقالت: يا بني إن الغداء جاهز، والضيوف بانتظارك على المائدة.

فدخل خالد عليهم ولم يتفوه بكلمة، ثم جلس ونظر لفاطمة في خلسة وإذ يُفاجأ بارتدائها خاتم الخطبة من عمر ابن عمها، ثم نظر إليه حسين.

قال حاتم: افعل شيئًا، تحدث، أراك هادئًا! هدوؤك مخيف يا خالد.

فقال له خالد في كل ثبات وهو كاتم ما في قلبه من ألم:

- ألم أقل لك يا حاتم أنها لم تكن لي أبدًا! لكن يا خالد أنت حتى لم تبرر لها أي شيء، عن ماذا أبرر وهي ترتدي الخاتم في أناملها؟ أنت تريد أن تّسخر مني!

وتركهم وذهب؛ لا بُد أنه ذهب لعاصف، فنظرت الأم إلى حسين أي الحق بأخيك. ففهم نظراتها وذهب وراءه؛ ومن ثم لحق حاتم مسرعًا، لم يلحقا به؛ لأنه ركب على عاصف وذهب به وهما وراءه بالخيلِ، رماه عاصف على الأرض فتقلَّب يمينًا ويسارًا وعاصف يصهل بقوةٍ، ونظر إليه وجعل يصهل بصوتٍ عالٍ ثم ألقى بنفسه من على الجسر ظنًّا منه أنه قتل خالد فغرق عاصف في البحر.

أغاث حاتم وحسين خالدًا وكان قد أُغشيَ عليه، واستيقظ يبحث عن عاصف، ملقيًا بنظره هو ومن معه على البحر وإذا بعاصفٍ ميت.

فقال له حاتم: ألم أقل لك أنه سوف يكون هلاكك!

وأخذوا عاصف وذهبوا إلى البيت ودفنه خالد بقرب المزرعة، وذهب مسرعًا إلى أمه؛ فضمته حتى فاضت عيناه، وكان مصابًا بالجروح التي أخذ حاتم يطمئن عليه وعلى جروحه ويداويها له، وأعطاه مهدئًا ليذهب في النومِ.

وقال حاتم لأمه عزيزة: أود أن تنتبهي على صحة خالد لأني مسافر، ولا أعلم متى سأعود.

فقالت له الحاجة عزيزة: أرجو أن تسافر وترجع بالسلامة.

وغادر حاتم البيت وجلست هي مع حسين في المزرعة يتبادلان الحديث، فقال لها حسين:

- أمي لا تغضبي من "علي" أخي اليوم، أعلم أن كلامه كان حادًا معك، وأنه رفع صوته عليكِ كذلك.

قالت له: إن أخاك لم يستطع الحفاظ على بيته، أيعقل كلما حدث شيءٌ كتبه في دفتر الذكريات لآسيا؟ حتى يوم زفافه كتبه بالتفاصيل!

قال حسين: لكن يا أمي هو يحبها!

فردت: يابني امرأة ماتت بسرطان الكبد، وترك تركيا من أجلها ولم يستطع أن يعيش في روسيا مع أبيك ليباشر العمل معه، عاش في مصر ورغم ذلك لا يستطيع التخلي عن ذاك الحب!

حسين: لكنها ماتت يا أمي! وليس من حق مارية أن تخرب بيتها من أجل امرأة غير موجودة! فقد عاش معاها ثماني سنوات! ليست بالقلائل!

قالت عزيزة: يا بني فأن السيدة عائشة رضي الله عنها وعن عائشة رضي الله عنها قَالَتْ: مَا غِرْتُ عَلَى أَحَدٍ مِنْ نِسَاءِ النَّبِيِّ ﷺ مَا غِرْتُ عَلَى خَدِيجَةَ رضي الله عنها، ومَا رَأَيْتُهَا قَطُّ، ولَكِنْ كَانَ يُكْثِرُ ذِكْرَهَا، وَرُبَّمَا ذَبح الشَّاةَ ثُمَّ يُقَطِّعُهَا أَعْضَاء، ثُمَّ يَبْعَثُهَا في صدائِق خدِيجةَ، فَرُبَّمَا قلتُ لَهُ: كَأَنْ لَمْ يَكُنْ في الدُّنْيَا إِلَّا خَدِيجةً! فيقولُ: إِنَّها كَانَتْ، وكَانَتْ، وكَانَ لي مِنْهَا ولَدٌ. متفقٌ عَلَيه.

وفي روايةٍ: كَانَ إِذَا ذَبَحَ الشَّاةَ يَقُولُ: أَرْسِلُوا بِهَا إلى أَصْدِقَاءِ خَدِيجةَ.

الغيرة يا بني تهدم مشاعر المرأة، والماضي يا بني لا يستطيع أحد أن ينزعه من قلبه؛ لذا يجب أن أتحدث مع مارية أن تقترب أكثر من زوجها وتحتويه بمشاعرها وتفعل له كما كانت تفعل آسيا، لا بد أن تتعامل بذكائها وليس بالعند.

قال: لكن يا أمي مارية لن ترجع البيت حتى يحرق علي أخي مذكراته اليومية مع آسيا.

فقالت: لا حول ولا قوة إلا بالله؛ ظننتُ أن مارية امرأة حكيمة، وتزن الأمور؛ لكنها لا تعرف "علي"، الذي يستغني عن روحه ولا يحرق ماضيه مع آسيا أبدًا يا حسين.

فقال: لا أعرف يا أمي ماذا تريد مارية! فإن أخي يعامل مارية بكل حب واحترام متبادل بينهما، ويقدرها ولا يحزنها أبدًا منذ بداية زواجهما.

الفصل السابع

قبل السفر من مصر إلى روسيا

قال جلال الدين لزوجته سعاد: أحضري متاعك، سنسافر اليوم.

وأردف: وأنتِ أيضًا يا "فاطمة" اصعدي إلى غرفتك لتحضير متاعك.

قالت له فاطمة: سوف أفعل بالطبع.

فتحت باب غرفتها ثم نظرت إلى الهاتف وكانت في حيرةٍ من أمرها فأمسكت بسماعة الهاتف ثم اتصلت على خالد.

قالت: خالد.

صمت.. فقالت له: أحببت أن أطمئن عليك وأشاركك أحزانك، أعلم مدى حبك لعاصف، خالد لماذا لا تتحدث معي كأنك لا تسمعني؟

رد خالد بعد صمتٍ طائل: فاطمة، سوف أسافر إلى إنجلترا، إلى أجلٍ غير مُسمى، حياتي كلها سفر في سفر، من دولة لدولة، ومن مدينة لمدينة.

فاطمة: أخبرني يا خالد، ماذا تساوي المدن وأنت لست فيها؟

خالد: لذلك تغادرين المدينة أنتِ أيضًا وترحلين بعيدًا ولا أستطيع حتى رؤيتك إلا من خلال أحلامي؟

ثم قالت له: وحتى لو مكثتُ في المدينة، ستغادر أنت أيضًا.

خالد: لكن.. لكن يا فاطم العمر؛ لا أبتعد عنكِ لأني أكره أن أظهر بضعفي أمامك، ولا لأنك لا تستحقين هذا الحب؛ بل لأن قلبك أرق من أن يحتمل رجل مثلي، بقايا نهايات وحرب، مجموعة من الأحداث الدامية، والذكري القاسية إنني سيءٌ جدًا حين أحب، وأسوأ منه حين يربكني الحنين لشيءٍ، وقتها أثور.

إنني في الحب لعنة تمشي على قدمين، واقترابي من قلبك الرقيق هذا لمجرد القرب فقط أشبه بكارثةٍ، فكيف لو استوطنته؟!

فاطمة: لكني أن من أردت أن تستوطن قلبي! وأنت لم ترَ قلبي أبدًا يا خالد!

وبكت وطال صمتهما، وأغلق كل منهما السماعة، ونظر من شرفته عليها وهي تبكي ونظرت عليه فلم تره أخذ متاعه؛ فلقد نسي أنه على سفرٍ أيضًا، ونزل مسرعًا ودخل مزرعة الخيل يودع ملكه الذي لا يستطيع أن يمكث معهم إلا القليل من الوقت، وزاد حنينه لعاصف وبيته.

ودِّعيه إنك معتادة على ذلك الفراق، إن شاء الله يرجع بالسلامة، هيا بنا يا خالد حتى نلحق بالطائرة.

انطلقا حتى وصلا إلى المطار، ثم ودَّعَ خالد أخاه، ودخل المطار ثم ركب سيارة تنقله لطائرته، ما إن جلس على الكرسي ونظر من النافذة ورفع عينيه فإذا بها تلتقي بعينيّ فاطمة التي قالت في نفسها: "أحببتك حتى أفنيتُ عمري يا "خالد"" وذرفت دموع عينيها.

فقال خالد محدثًا نفسه: لو أنك تتنازل يا خالد عن كبريائك وقسوتك! لا، إياكَ أن تتنازل، لا تنسى يا خالد أن المرأة التي تكون لك لا تكن لغيرك أبدًا من قبلك، هي خُطِبَت للشيخ عمر، تذكَّر دائمًا.

نزل من السيارة وركب خالد الطائرة الخاصة بالجيش وغادر البلاد، وركبت فاطمة وجلال وسعاد الطائرة المتوجهة إلى روسيا، فانطلقوا معًا في السماء ولكن لم تغادر الأرواح المتصلة بالعشق أبدًا، تفرقت الأجساد كل منهم في دولة وفي مدينة، وبقيت القلوب على اتصالٍ بالأرواح المعلَّقة والمعذبة باللهفة واللهب.

الفصل الثامن

بداية دخول روسيا

بعد أن غادروا مصر وصلت الطائرة إلى روسيا وانبهرت سعاد بوجودِها في روسيا، بعدما كان فتحي زوجها القديم الله يرحمه محاصرًا لها حياتها، جعلت تخرج كل يومٍ مع جلال إلى مكانٍ مختلف ومدينة مختلفة، وبعد ثلاثة أشهر رجعت البيت في روسيا، عندما دخلت البيت استقبلتها فاطمة ثم قالت:

- لقد اشتقت إليكِ يا أمي؛ لقد طال غيابك أنتِ والعم الجلال، هكذا؟ يأخذكِ مني!؟

قالت سعاد: حبيبتي ها نحن عدنا ولن نفترق مرة أخرى إن شاء الله.

ونادت على أم السعد: جهزي الغداء حتى نتجمع، لم نجتمع منذ مدة، وأخبري هشام يأتي ليأكل معنا، فقد رجع من سفره.

قالت فاطمة في دهشة: هشام؟! هشام رجع من السفر!

قالت سعاد: بلى يا حبيبتي، يا فاطم العمر، عاد هشام من السفر بعدما كان في إنجلترا، فرنسا، تركيا وغيرها من البلاد، لقد أخبرني والده عن حياته بعدما غادر مصر.

ثم قالت فاطمة: يا إلهي يا هشام على حياتك، وهجرتك من مدينة لمدينة، منذ سنوات لم أرك، منذ زمن بعيد!

فقال لها هشام: ولكني رجعت يا فاطم العمر.

قالت في دهشة: أخي هشام!

هرولت إليه فاطمة، وهنَّأته: لا أصدق أني أراك يا هشام! أخيرًا التقينا يا أخي!

ثم بكت وقالت له: هشام! الحمد لله على سلامتك يا حبيبي.

قال لها: سلَّمك الله يا فاطم العمر.

فرحبت به الخالة سعاد وقالت له: يا إلهي! بني، هشام! سنوات لا نعرف عنك شيئًا! حتى والدتك "عزيزة" مرضت فترة لعدم رؤيتك ألا ترحم ضعفها يا بني وترجع لها في مصر ؟! أصبحت المدينة كئيبة بدونك، يا بني ارحم ضعف والدتك؛ تريد رؤيتك! قد وهنت من قلة رؤياك، فإن الشوق إليك وعليك يا هشام، فلقد أكل كبدها وقلبها ثم هلكت عزيزة عليك يا بني.

قال لها هشام: لا أستطيع، لا أستطيع أن أرجع إلى مصر يا سيدة سعاد ما دامت "نجمة سالم"ما زالت على قيد الحياة، فقد أحرق "سالم النجام" المنجم ابن الساحرة، لا أستطيع دخول مصر وأدخل المدينة فأراها فارغة، هاوية، يضيق صدري أن أعود ولا أرى وفاء، ينكسر قلبي يا سيدى! كيف لي أن أرجع المدينة يا "فاطمة" بعد زوجتي؟

أين هي يا فاطمة؟ أصبحت رمادًا، لم يتركنا "سالم النجام ونجمة سالم" حتى لعدة أيام مع بعضنا، لقد أخذها مني النجام يا خالة، خطفها الموت، خطفها يا فاطمة!

كان زفافُ الشؤم عليَّ، لو أني أعلم أن سالم سحر لها ما كنت تزوجتها أبدًا يا فاطم العمر!!

قتلها من هو أقرب مني لها يا فاطمة! لم يرحمها، فقد قتلها بالسحر أمام العالم كله؛ سحرها، جعلها تشعل النار في نفسِها بعدما ترتدي

الأبيض؛ لـم أنسَ أبدًا عندما رأيتها تجري بالفسـتان الأبيض، والنار مشتعلة به، تشـوش عقلي؟

قالت له فاطمة: أخي اجلس اهدأ.

قـال: لقـد أحرقت نفسـها يـا فاطمـة، حتى ألقـت بنفسـها في البحـر أصبحت رمادًا، لأجـل أن يحرمني منها! بسـبب حقده على أبي! قـولي باللّه ما كان ذنبي أن بينهمـا عدواة! فقد دفعتُ ثمـن العداوة التي بين أبي وأبيها سالم المنجم بحرق زوجتي.

أثقل شيء عليَّ هو حرقها أمام المارة، ورميها لنفسها في البحر من أجل أن تطفئ نفسـها، لكني أحرقت سالم المنجم وأحرقت نجمة معه، ألم يسـحر زوجتي من أجل الأرض والمال يا فاطمة؟ لم أترك لـه أرضًا ولا مالًا، فقد أحرقت عليه أرضه وبيته بما فيه، وجعلت النار تأكل كل شـبر وكل زرع أمامها ودمرت كل دار لـه في المدينة. لـن أسـتطيع محـو ذلك من عقلي لسـنوات، فقد فتحت ثقب الذاكرة مرة أخرى، أليس من حقي ألا أدخل مصر أبدًا!!؟ لقد حرمت علي نفسي المكوث في مكان دفنت حبيبتي وفاء.

لـم أسـتطع حتى الآن أن أنسـاها يا فاطمـة، حياتي توقفت بعد موتها، لـم أسـتطع أن أعيش في مصـر كلهـا بعدها، لـذلك أرحـل لكل دولـة أمكث فيها شـهورًا، لكني عُدت لأستقر في روسيا، في وسط الجبـال حتى يفنى عمري وألتقي بها في الآخرة إن شاء اللّه.

نظرت إليه فاطمة وقالـت لـه: إن شـاء اللّه.

فضمته فاطمة ثم بكت، وقالت له: لا تحزن، بالطبع كان يومًا عصيبًا يا أخي، سوف يلتقي كل منا بمن يحب، سوف تجمعنا الأقدار أخي العزيز إن شاء الله.

قال لها هشام: وأنت يا فاطمة، تزوجتِ خالد وأكيد أصبح عندكم أطفالًا يلعبون ويمرحون بالخيل، أليس كذلك؟ أعلم أن "خالد العرجي" خيَّال منذ الصغر.

فنظرت إليه بأسى وقالت له: وأين هو خالد يا هشام؟ من دولة لدولة، ومن سفارة لسفارة، ومن حرب لحرب؛ أما فاطمة فضاعت بين السنين، ضاعت في سنوات خالد؛ حتى ضاع شبابنا وماذا فعلت أختك يا هشام؟

هشام: فعلتِ كما فعل هشام.

قالت: ماذا تساوي مدينة أنت لست فيها يا خالد؟ لم تقل ذلك ذات يومٍ من أجل وفاء لن تستطيع أن تستقر حياتك؟ بعد كل هذا الترحال ألم تتعب؟ تزوج يا أخي؛ تزوج من مريم، فهي تنتظرك منذ سنوات، سوف أرسلها تأتي من تركيا لعلك تغير حياتك معها، فصمت ثم عبس وجه.

وقال لها: سوف أفعل حتى أرى أولادي إن شاء الله.

ثم نادت المربية أم السعد وقالت: تفضلوا، الأكل جاهز تفضلوا حتى لا يبرد.

فقالت لها سعاد: سوف نلحق بك يا أم السعد.

فدخل جلال الدين عليهم ثم قال: الحمد لله إننا تجمعنا بعد تلك السنوات من الفراق كل واحد منا كان في مدينة.

فقال هشام: الحمدلله، تفضل يا أبي.

فقال جلال الدين: بني، هشام، إنني أحتاج إليك في العمل، فلقد هرمت يا بني وأريد مكوثك معي في روسيا، لدينا الكثير من العمل لأن "علي" أخيك لا يريد العيش معي هنا في روسيا، لا يريد ترك مصر وأنت تعلم بذلك، إنه متمسك بأمك كثيرًا لا يريد تركها، لأن خالد كما تعلم على أبواب الحرب.

فقال له هشام: حاضر يا أبي سوف أمكث معك لمدة من الزمن، أنا أعتذر منكم أريد أن أرتاح.

قالت سعاد: تفضل يا حبيبي، كما تريد يا بني.

فتركهم ودخل غرفته حتى يسترخي. ثم قال جلال الدين: زوجتي حبيبتي.

فقالت: نعم.

فقال لها جلال: أريد أن نسافر إلى "سانت بطرسبرغ" المدينة فيها البحر والجبال، حياة منتهى الخيال.

ثم قالت فاطمة: هذا أمر لا يُصدَّق، حياتكم كلها سفر، وأنا أعيش هُنا وحيدة، لقد تبدلت حياتي منذ جئت إلى روسيا.

فقال لها العم جلال: حبيبتي فاطمة، سوف أترك لك الشركة، ومعك هشام حتى أرجع من سفري، هشام أخوك معكِ، لماذا تحزنين إذًا.

قالت فاطمة: لكن أنا لا أريد أن تسافر أمي، لكن لا تسألني لماذا.

فابتسم لها وقال جلال الدين: زوجتي العزيزة أعدكِ آخر مرة نغادر فيها دون فاطمة.

فصمتت سعاد وقالت: حاضر.

دق الهاتف فرفعت السماعة قالت المتصلة: من معي فاطمة؟

قالت فاطمة: بلى، مَن؟ الخالة عزيزة؟ لقد اشتقت إليكِ يا خالة، هشام عاد من إنجلترا.

عزيزة: أتقولين هشام؟ أين هو حتى يكلمني؟ دعيه يطمئنني عليه وأخبريه أني أوصيه أن يجعلك نصب عينيه، حتى يرجع خالد من سفره، أريد سعاد، أين هي يا فاطمة؟

- أمي كل يوم في مدينة، أنا هنا يا خالة عزيزة أصبحتُ وحيدة، لم أستطع فهم ما يحدث هنا، أمي مسلوبة الإرادة يا خالة، الحمد لله أن أخي من الرضاعة هشام معي.

فقالت سعاد: فاطمة؛ ليس لدي وقت، دعيني ألقي عليها السلام سريعًا.

نظر إليها جلال وقال: فلنذهب يا سعاد؛ ليس لدينا وقت لعزيزة وخيول خالد، هي امرأة جُنَّت بزوجِها المرحوم وابنه.

فأغلقت عزيزة سماعة الهاتف من عندها.

***

موت سعاد الشافعي

مكث في السفر مدة قليلة، لبضعة أيامٍ فقد، ولما رجع من السفر رأته فاطمة من الشرفةِ يُهرول، فلما دخل اصطدم بهشام وكان عليه أثر الرهبة والخوف، فلما رآه هشام قال له:

- أبي، هل أنت بخير؟ أراك متوترًا بعض الشيء.

فنظر إليه أبوه وقال: إياكَ أن تسألني عن شيءٍ اليوم.

ثم قال له هشام: أين الخالة سعاد يا أبي؟ أم أنك فرطت بها كما فعلت بمدحت من قبل؟

ثم قال له والده: هشام! أخفِض صوتك؛ قل لي هل عدت من سفرك حتى تكون رقيبًا عليَّ؟ قالت لي اشتقت أن أرى مدحت، هل كنت أمنعها أن ترى ابنها الميت؟ أردتُ يا هشام أن أجمع بين الابن والأم كما سممتُ فتحي صديقي، هل تريد أن أترك كل هذا المال في يد تلك المرأة؟ سعاد!

قال هشام: قالت أمي عزيزة الكثير عنك، قالت إنك رجلٌ مخيف حقًا.

- ارجع إلى مصر، فإن لك هناك أناس لتنتقم منهم ولتحرق عليهم ديارهم فإن "نجمة سالم" الساحرة ما زالت على قيد الحياة، لقد حرقت وجهها، غادر إلى مصر فإن باقي الجسد لا بُد أن يحترق يا هشام، لكن إياك إياك يا هشام أن تقف في طريقي مرة أخرى؛ أنا أيضًا أستطيع استخدام النار في الانتقام.

خرجت فاطمة عليهم وقالت: هشام، أين أمي يا عم جلال؟ أخبرني يا هشام! هل ما سمعت أذناي حقًا؟ هل فقدتُ أخي وأمي؟

أُغشي عليها وأحضروا لها الطبيب في البيت، لم تفق من نومتها؛ ثم أرسل هشام لأحمد رحيم في المستشفى حتى يحضر لعلاجها في البيت، وحين دخل عليها أحمد الغرفة صمت مكانه، لم يستطع أن يتكلم حين رآها، ثم قال أحمد في نفسه: مرحبًا بزوجتي فاطم العمر، كأي شيء في الحياة يتنفس كانت حياتي دونك يا فاطم العمر؛ الحمد لله قد اجتمعنا.

ثم فتحت عينيها ونظرت وإذا بأحمد ينظر في وجهها؛ اندهشت من ذلك، مكث بجوارها يومًا حتى استيقظت، فقالت له فاطمة: لقد أتعبتك معي يا حضرة الطبيب.

فقال لها أحمد: إن الطبيب ينتظرك منذ زمن، فأنتِ راحة الطبيب وزوجتي إن شاء الله.

قالت في دهشة: هل أنت بخير؟ كأنك تهذي بشيء.

فقال له هشام: لم أفهمك؟ ماذا تقول أو عن ماذا تتحدث؟

رد أحمد في عجالة: هشام أقول لك أني أريد أن أتزوج من أختك فاطمة.

قال له هشام: أنت لم ترها من قبل

فقال له: لكني رأيتها الآن يا هشام، أنا منتظر لي سنوات.

دخل عليهم جلال الدين الغرفة حتى يطمئن على فاطمة وقال: مرحبًا حضرة الطبيب رحيم، روسيا كثيرًا ما تتحدث عنك، وعن علمك ورحمتك، لك حظ من اسمك، لكني أردتُ إخبارك بشيءٍ، أولًا كيف

حـال الرجـل الجـريح؟ ثانيًا: بالمناسـبة، لا تـأتي إلى هـذا القصـر مـرة أخرى، لا أريد رؤياك.

فنظر إليـه أحمد وقال لـه: لن أتركهـا لـك حتى تكون دميـة في يدك يا جلال! فاطمـة لي، وأنـت تعلـم جيـدًا مكانتي في الدولـة؛ سـوف أهـدم عليك قصرك يا جلال الدين!

فتركـه وذهـب إلى المستشـفى غاضبًا ثم قـال هشـام: أبي مـاذا قلـت للطبيب؟ أبي لم لا تكترث إلى كلامي؟ أبي!

ثم قـال جلال: ليلى.. اجعلهـا تسـتيقظ وأحضرِيها لي، وأنـت يا جمال فلتأخذ هشـام حيث تعلم، لا يخرج أبدًا من غرفته.

دخلـت ليلى على فاطمـة ثم قالت لـها: كنتِ دائمًا سـببًا في إن أحمـد رحيم لا ينظر إليّ، لذلك لن أرفق بك يا فاطمة.

فنظرت إليهـا فاطمـة ولم تتكلم بكلمة، ارتدت فسـتان زفافها كانت في صـدمةٍ حتى لـم تسـتطع التكلم؛ بعد صدمتها أصابها الخـرس فنزلت تزحف قدميها من على الدرج، حتى دخلت عليهم.

جلست بائسة حزينة وهشَّة ثم قال لها جلال الدين: عليكِ أن تجلسي بجانب السيد حمزة آغا، فليس لدينا وقت، سـوف نغادر إلى تركيا.

وبعد العقد عليها قال لها السيد حمزة: سوف أرسل لك سيارة تأخذك إلى قصرك، سـوف يضيء بك يا فاطم العمر، أعلم أنك تحبين هذا الاسم.

غادر القصر السيد حمزة آغا ثم قال له جمال: لقد نفذتُ ما أمرتَ به يا سيد جلال الدين، سوف ينتشر الخبر في الأخبار بعد قليل يا سيدي.

فقال جلال الدين: هكذا ما أردت يا جمال. ألم أقل لك يا فاطمة لن ولم أستطع أذاكِ، لكنها السياسة القذرة تتطلب ذلك منا، وأنتم تدفعون ثمن ذلك، إن تطلب الأمر.

فأصابها الصمت وصعدت إلى غرفتها؛ ومن ثم انتشر موت السيد حمزة آغا إثر حادث مُروّع.

فتح عليها باب غرفتها دفعة واحدة، فصرخت بصوت عالٍ، فقال لها: هشام هذا أنا لا تخافي اطمئني، سوف تهربين من هنا، وتذهبين إلى الطبيب أحمد رحيم الشعراوي فهو سوف يحميك، أنا أعلم أنه يحبك، رأيت ذلك في عينيه.

فخرجت تهرول إلى المستشفى.

الفصل التاسع

دخلت فاطمة المستشفى تهرول بحثًا عن أحمد، وهي تجري خائفة من جلال الدين، تجري في ممرات المستشفى خائفة لا تشعر حتى بوجود من حولها.

خالد يمر من جنبِها دون أن تشعر بتلامسِ بعضِهما لبعض ويقول خالد: رائحتها! فذهب إلى غرفته وهو متخبط المشاعر في حيرة من أمره، ثم وقف يراقب من نافذة الممرات إذ يرى فاطمة أمامه مع أحمد يتبادلان الحديث، وهي يبدو عليها الخوف والتعب، فصرخ بصوتٍ عالٍ في غرفته مُردِّدًا: لقد فعلها أحمد.

نظرت فاطمة إلى أحمد وقالت له: ألا تسمع يا أحمد؟! الرجل يصرخ كأنه مصاب بصرع.

فقال لها: إنه رجلٌ جريحٌ، نزف الكثير من الدماء؛ وغير ذلك فإنه يعاني وقلبه مكسور بسبب كتمانه الشديد، كل هذا من أجل امرأة لم يحظ بها.

فاطمة: عفوًا ماذا قلت؟

صمت أحمد ولم يرد، فنظرت إليه، ثم رفع وجهها قائلًا: لماذا تبكين؟ هناك العديد من القصص المؤثرة، ليس أول رجل يتمزق قلبه، هناك الجريح وهناك المكسور وهناك المتألم. وأردف: أنا لم أقل لكِ كي تحزني، ما دمتِ معي، فلا يوجد حزن أبدًا في عينيك.

تخبطت مشاعرها وأصبحت في توترٍ، ثم تركته، لقد استحوذ عليها الفضول أن تعرف من هو؟ من ذاك الرجل الجريح؟ فذهبت تراقب غرفته حتى فتحت فاطمة باب الغرفة دفعة واحدة.

دخلت على خالد الغرفة وهي تبكي فنظرت إلى الأرض فإذا بفنجان القهوة الخاص به مكسور وغرفته لا شيء في مكانه.

ثم قالت فاطمة: ظننت إنك خالد.

لكن لا أعرف لماذا هذا الشعور مستحوذ عليَّ كأنه خالد، فأمسكت بيده وهو نائم على السرير ومحاط بالستائر التي تحجبها عنه لم تر منه أي شيء غير يده ملطخة بالدماء، فقالت: حقًّا! رجل ينزف دمًا ويتألم البدن كثيرًا يا خالد بما يتألم به القلب، ويشقيه ما يشقيه.

فقال لها خالد في نفسه: ولم يكن شبابي يا فاطم العمر سوى عاصفة مظلمة منذ أن مكثت فيه.

دخل أحمد يهرول وقال للممرضة: أخرجوا جميعًا كي أسعِف المريض.

فقالت له الممرضة: حتى أنا يا حضرة الطبيب؟

فقال لها: كلامي واضح، الكل يخلي الغرفة، وأخرجوها معكم.

ضاق صدر فاطمة من أحمد، دائمًا تراه رجلًا لطيفًا، وذا قلبٍ لين، لماذا هو عنيف هكذا؟ تعجبت وجلست تنتظره في مكتبه.

أحمد: خالد صديقي الوسيم، الرجل القوي، الرجل الجريح؛ أصبحتَ عاجزًا تمامًا يا رفيقي، وأعلم أن شفاء قلبك في يدي، لكني لن أشفق على عجزك، وقلبك المكسور الذي ينزف الدم يا خالد؛ يا ربي لقد تعفن الجرح ولا بُد من تطهير الجرح من الصديد والقيح، حتى لا يأكل قلبك؛ سوف أجعله يتمكن منك يا خالد على مهلٍ حتى يتمزق قلبك الذي مكثَت فيه فاطمة طوال تلك السنوات، سوف تموت ببطء يا صديقي، سوف أضيف لك الكثير من المهدئات والحبوب حتى تنام في سلام.

خرج من الغرفة وأوصى الممرضة أن تهتم به وتبلغه عندما يستيقظ أن: عليك أن تأتي لزفافي، هو بعد غدٍ في حديقةِ منزلي، وسوف أُرسل له السيارة الخاصة بي يا سيلينا.

سيلينا: سوف أفعل يا سيدي.

دخل على فاطمة وهي تقرأ ما كتب لها متعمدًا تركه على مكتبه:

"فكرت كثيرًا لماذا أحبك كل هذا الحب؟ ربما لأنك في لحظة من اللحظات، لم أدرك؛ ربما كان ذلك بسببك, ربما لأنك كنت حريتي، ربما تلك الحرية التي احتضنت لأول مرة وأنا أقتحم بها الظروف وكسرت كل ما حولي سواء كان خيرًا أم شرًا من أجل الوصول إليك, ربما لأنك أنا, حيث تمكنت من الفوز بك وبنفسي في نفس اللحظة, وهو إنجاز لم يكن ليتاح إليَّ سوى بفضل وجودك يا فاطمة."

دخل عليها ثم قال لها: ما مللت أبدًا من أن أنتظرك تلك السنوات، ولم أتعب أبدًا من طول الطريق، ولم أتعب أبدًا من النظر إليك يا فاطمة؛ فاطمة، أنا أحبك. ما بك؟ لنذهب لتحضير زفافنا.

***

حفل زواج فاطمة وأحمد

ذهب هو وفاطمة، وما أن غادر أحمد المستشفى حتى أرسل جلال الدين إلى الطبيب "سليم" وكان سليم رجل من رجال جلال، ثم أخذ خالد إلى قصر جلال الدين، وعندما دخل أحمد بيته وجد جلال الدين يتصل به على هاتف المنزل.

فقال له: جلال الدين، إن أبلغت عني سأبلغ فاطمة بكل شيء، وسأقتل صديق عمرك خالد، لا أريد منك إلا شيئًا واحدًا؛ هو أن تصمت حتى أغادر البلاد.

فقال له أحمد: أنا لن أرحمك يا جلال، لن أرحمك لا أنت ولا سليم.

وأغلق السماعة في وجه جلال الدين.

فقال جلال: لا بُد لي أن أنجو بحياتي يا جمال، لكن لا بُد أن أنتقم من أحمد بعدما أغادر البلاد، فأنت تعلم جيدًا ما عليك أن تفعل أنت وسليم، وعليك أن تكون جاهزًا من الآن، فأنت تعلم ماذا ستفعل، لا أريد أي تقصير، هذا آخر حبل أستطيع أن أنجي نفسي منه؛ وسوف أسافر إلى تركيا، وأنت سوف تلحق بي.

فقال له: أمرك يا فندم.

جلال الدين: جمال، أين هشام؟ فقد اشتقت إليه.

قال: هشام يا فندم كما أمرت حضرتك، في غرفته وسوف ننقله إلى القصر المنفي يا سيدي كما أمرت؛ فإن هشام يريد قتلك يا سيدي.

قال له: لا تقصر في طاعته يا جمال، لكن إياك أن تسمح له أن يغادر غرفته قبل المنفى.

قال له جمال: فعلت اللازم معه يا فندم:

قال له: تمام لنرى غدًا في زفاف "الست فاطمة".

دق الهاتف فقالت ليلي: الحاجة عزيزة الخولي تريد أن تتكلم معك في أمرٍ ضروريّ.

فقال لها جلال الدين: أخبريها أنها تتصل في وقت لاحق، ليس لديَّ وقت حتى أضيعه في نكدِها على أولادها هشام وخالد.

ثم قالت لها ليلى: إنه...

فقالت لها السيدة عزيزة: لا تقولي أي شيء، أنت تشبهيه في كل شيء، ومثل أمك شيطانة؛ أنت يا ليلى لا بارك الله فيك، وأخبريه بأن حسبي الله ونعم الوكيل فيك (يا جلال الدين علي).

لم يتفاجأ من كلامها فقد كان يسمع ما تقول بالتنصت عليها ثم قالها لها: وفيك أيضًا يا عزيزة.

الفصل العاشر

يـوم الزفاف تزينت مداخل المدينة والبيت والحديقة من أجل زفاف "فاطمة" و"أحمد" واجتمعت المعازيم، ورتب مدير الفندق الحديقة والبوفيه المفتوح، وبعد أن تجهَّزَت فاطمة من زينتها ارتدت فستانها المطرز بالماس.

ونزلت من غرفتها على مهلٍ على درج السـلالم، ونظر إليها أحمد ثم أمسك يديها وقال لها: لقد أضأتِ كل شيءٍ في بيتي.

وقبَّلَها علي خدها ثم أردف: اليوم يا فاطمة هو يوم ولادتي، أنا أحبك منذ زمن بعيدٍ، وكنت أدعو الله أن نلتقي؛ وقد شاء القدر يا حبيبتي أن تكوني في بيتي، يا وردتي.

فنظرت إليه واتبسمت ثم أخذها لحديقةِ البيت، جلست وعقد عليهما الشيخ ثم قال لهما: زواج مبارك يا ابنتي وبارك الله لكما وبارك عليكما وجمع بينكما بالخير.

دخـل خالـد مـن بـاب الحديقـة وهـو يخطـو خطواتـه نحوهمـا ببطء شديد، يزحف بقدميه على الأرض، وحين ألقت فاطمة بنظرها فجأة فـرأت خالـد يرتـدي بدلـة البيضـاء، عـادت مـرة أخرى ونظرت إليـه، صمتا معًا.

نظر أحمد في خجلٍ شديدٍ ثم قال: خالد.

هرول أحمد إليه وسأله: هل أنت بخير؟

صمت خالد ولم ينطق بكلمة، جلست فاطمة في ذهولٍ مما رأت ثم وضع خالد يده على الطاولة، لم تذرف الدمع من عينيها لكن روحها كانت تتمزق، انتفضت من مكانها، فقد خالط دم خالد فستانها وغادرت حفل الزفاف مسرعةً إلى غرفتها، تنظر لخالد من الشرفة؛ وذهب خالد من الحفل مع رجال جلال الدين.

ثم أخذه جلال إلى قصرِهِ المنفي في مدينة سانت بطرسبرغ وتركه رجال جلال يعاني مرضه في المنفى ثم أرسل رجلًا من رجاله إلى أحمد وقال له: خالد معي ولا أريد منك أي شيء غير أن تجعلني أغادر إلى تركيا، ومعك مدة إذا لم تفعل فسوف أقتل خالد، وأخطف منك فاطمة.

قال له أحمد: سوف أفكر في الأمر.

طلع أحمد إلى غرفته ودق باب الغرفة بصوتٍ عالي، وقالت له أمه: افتح يا أحمد، افتح.

ففتح لها وهو في دهشةٍ من أمره، وقال لها: أمي ماذا تريدين الآن؟

فقالت له: إن حجرة جدتك قد احترقت بما تحوي؛ فتركها وهو يجري نحو غرفة جدته صارخًا "الصندوق".

دخل بعد ما خمدت النار، وعند فتحه للصندوق رأى ما في داخله أصبح رمادًا؛ دخلت عليه أمه وهو يبكي فضمته ثم قال لها:

- لقد احترقت البدلة التي رأيت بها فاطمة قبل سنوات يا أمي، لم أستطع الحفاظ على البدلة، هل أستطيع الحفاظ على فاطمة؟ هل يا أمي؟

قالت له: عشت سنوات يابني بعد موت جدتك دراهم الشيمى كان لا أحد يستطيع الاقتراب من تلك الغرفة المهجورة لعدة سنين تخشى أن يعرف سرك أحد بتلك الملابس وفي لحظة تحترق هكذا!

- أعلم جيدًا يا أمي مَن فعل ذلك بي، أعلم إن هشام أراد حرق قلبي كما فعلت في خالد، فلقد أخبره جلال الدين بكل شيء، لكن لن أدعك وشأنك يا هشام أنت وخالد؛ أراد جلال الدين أن يلوي ذراعي حتى أوافق على تهريبه من البلاد؛ لكن ليحلم كما يشاء، وسوف يرى يا أمي من هو أحمد الشعراوي.

فلما دخل على فاطمة قالت له: ألم تكن تلك الغرفة مهجورة؟ ما قصتها؟

نظر إليها وقال لها: فاطمة، إن أنفَك ينزف، دعيني أُسعفكِ، فقد قلقت عليكِ.

قالت: أنا حزينة، كيف لخالد أن يكون هنا معي في يوم كهذا يا أحمد؟

قال لها: لا أدري؛ لعله في مأمورية، لا تهتمي لأمره.

ثم اقترب منها وقال لها: اليوم هو يوم زفافنا، دعينا نستمتع بيومٍ كهذا يا فاطمة.

وبعد بضعة أيامٍ رجع من السفر، فاستقبلته أمه الحاجة حميدة اليعقوبي التي أتت من تركيا حتى تبارك لهما على الزواج، وقد علمت بقصة أحمد وتلك الفتاة التي أرادت أن تراها من تكون؟

وبعد ما تعرفت على أمه الحاجة حميدة اليعقوبي، صعدت هي وأحمد حتى ترتاح من السفر فأراد أحمد أن يقترب منها، وقد هم بها وهمت به ولكنه فوجئ بفاطمة تقول له:

- أحمد يبدو أنك مريض، فاعرض نفسك على طبيبٍ؛ منذ أن تزوجنا وأنا ما زلت عذراء، أنت لا تستطيع أن تقترب مني. ماذا بك؟!

***

بعد أيام. دق جرس الهاتف وكان أحمد في المستشفى فردت فاطمة على الهاتف قائلة: من معي؟

فقالت: أنا السيدة عزيزة الخولي، أريد أن أتحدث مع أحمد رحيم لأمرٍ ضروريّ.

قالت فاطمة: الخالة عزيزة الخولي كيف؟

قالت الحاجة: أنتِ؟ كيف لك التواجد في بيت العقيد أحمد؟

قالت لها فاطمة: يا خالتي أنا تزوجت أحمد.

قالت الحاجة: فاطمة المغربي تزوجت أحمد؟!

قالت لها: نعم يا خالة لقد تزوجنا، خالة عزيزة ماذا حدث لك؟ خيرًا لماذا تصمتين؟

قالت لها الحاجة عزيزة: وخالد يا فاطمة؟ أين ابني يا فاطمة؟ وأحمد ما الذي فعله في خالد؟ وأين هشام؟ لم أسمع له صوتًا! ما الذي يحدث عندكم بالضبط؟ أريد من أحدٍ أن يريحني من الأرق الذي ليس له نهاية، فقد خدعك أحمد وتزوجك؛ هل تساءلت عن خالد أين هو؟ أم سألت على هشام لماذا لم يحضر زفافك يا فاطمة؟ قد ماتت خيول خالد كلها، ماتت اليوم حزنًا على خالد؛ و د. حاتم البويطي لم يستطع فعل أي شيءٍ للخيول، قولي لخالد إن خيولك كلها ماتت، أرجوك يا فاطمة اعرفي لي مكان خالد وهشام، لن يرحمهما أحمد ولا جلال.

فقالت فاطمة في صدمة عارمة: ماذا قلت يا خالة؟ الخيول قد ماتت من الحزن على خالد؟ وهو رجل جريح في الفراش؟

- ماذا تقولين يا فاطمة؟ ردي عليَّ يا فاطمة!

وقعت سماعة الهاتف من يدها فدخلت مكتب أحمد على عجلة من أمرها لتفتش في الأوراق، فدخل عليها أحمد قائلًا: عن ماذا تبحثين يا زوجتي؟ فإن بحثتي سوف تجدين ما لا يسرك، كنت أخبريني حتى لا تجعلي مكتبي القيم يشبه الجزيرة التي ترقد بها البهائم.

ثـم هرولـت إلى مكتـب أحمـد تبحـث وتبحـث في أدراج المكتـب وإذا بصـندوقٍ حاولـت كسـره ولـم تفلح بعـد، ثـم عـاودت فتحـه فرأت كل خطابٍ أرسلته لخالد ولم يصل له مع أحمد في الصندوق؛ فصرخت:

- رجل لا يستحق العيش أنت يا أحمد!!

"خالد أنا سوف أتزوج عمر، إن لم ترسل لي فاعلم أنك من المتفرجين علي زواجي من عمر من فاطم العمر.

- لماذا تبكين؟ أليس هذا خطابك يا ست فاطم العمر؟

"أرسلتُ لكَ خالدًا قصدًا إلى روسيا وهو مصاب إصابةً ليست مميتة اعتني بـه حضرة الطبيب احمـد، أعلـم جيدًا أن فاطمـة معك، لكـن بأمر مني يا أحمد أن ليس للمتحابين إلا الزواج؛ آن الأوان أن يتجمع الحبيبان، أحمد لن أخوض في التفاصيل، ما قد لقيت في مكتبك من خطابات خالد وفاطم العمر."

- ألا تستحي وتخجل مما فعلت بهم من أخيك فريد الشعراوي؟

علا صـوتهما فأمسك يديها: يدك جريحـة يا حبيبتي، ولا أستطيع أن أراك هكذا تتألمين.

فنظرت اليه وقالت: حقًا؟ لا تريد أن أتألم! وماذا عـن الرجـل الـذي انكسر قلبه ونزف جرحه؟

أحمد: فاطمة، كل باب طرقت وجدت غيابك خلفه، أنا أحبك منذ سنوات.

فنظرت إليه وقالت: لقد خذلتني وكسرت قلبي أنا وخالد؛ لقد تمزق كبدي على خالد، كنت تراني أعاني وكأنك لا تراني، أحمد رحيم وأنت مثل البحر غادر، ما كان يا بحر أن يكون البحر، عنوانك فأنت ساحر رائع في تكوينك، وبك الربيع وبك الخريف، ومنك المخيف مثل أفعالك أنت أصبحت بالنسبة لي رجلًا مخيفًا.

- فاطمة!

- لا تقترب مني، لا أريد أن أراك أبدًا بعد اليوم.

فقال لها أحمد: لن أتركك أبدًا ما دمت على قيد الحياة، لن يحصل عليك رجل غيري أبدًا يا فاطمة، أبدًا! لقد أحببتك قبل خالد، كل رسالة كانت تأتي كنت أنا من أنتظرك ليس خالد، كانت الخطابات تقع في يدي؛ أليس هذا هو القدر؟ أنا لم أقيد حياتك كما فعل خالد معك، أنا حررتك منه ومن جلال الدين؛ أنا من فرقت بينكما ولكن ضاع عمري في انتظارك، أريد ثمن انتظاري لتلك السنوات.. فاطمة!

- ابتعد عني لا تلمسني.

تعالت الأصوات بالشجار بينهما، فطرقت أمه الباب ولم يفتح لها: افتح يا أحمد، افتّح يا أحمد الباب.

فقال لها: حقي أنا أستطيع في أي وقتٍ أن آخذه منك؛ فأنت حلالي يا فاطمة، حلالي، ولسوف يموت خالد ببطء، سيموت بالحمى؛ لن يعيش طويلًا يا فاطم العمر، لا قلب ينبض فيه ذكرك غير قلبي يا فاطمة، كفى، لا ترمين الأشياء هكذا، اهدئي، أرجوك اهدئي.

فتحت أمه الغرفة، ثم دخلت عليها مجردة من ملابسها فصكت بكفها على وجه أحمد وقالت له: هكذا تفعل يا نذل في زوجتك...

خرج من مكتبه: سيدي.

- ماذا تريد يا محمد؟

- مات السيد "جلال الدين علي" رمته ابنته ليلى في حمام البيت، وقد مات غرقًا في القصر؛ إنها تبحث عن هشام منذ فترة ولم تعثر عليه، لذلك يا سيدي أغرقته في الحمام.

قال له أحمد: لقد صعب علينا موت "جلال الدين" مهمة العثور على خالد إذ أن هشام معه أيضًا في نفس المنفى.

تركت فاطمة البيت، فأرسل لها أحمد كل ما يستطيع أن يقنعها بالرجوع إليه لفترةٍ قصيرةٍ، يبحثون عن هشام وخالد لم يتركوا مدينة لم يدخلوها من أجل خالد وهشام ثم أرسل أحمد تلك الرسالة:

من أحمد إلى فاطم العمر:

"أحبك بكل ما أوتيت من قلب؛ أخبريني يا فاطم العمر متى كان الاختيار فيما يجري به القدر؟ أليس هذا هو قدري أن أحظى بك؟ لقد أرسلت لك ما أرسلته لخالد منذ سنوات خلت يا فاطمة، اليوم أترجاك كما كنت تترجين خالد، أرجوك يا فاطمة ارجعي لي."

ثم أرسلت له فاطمة وقالت له في الرسالة:

إلى "أحمد الرحيم"

أعيَاني بعدُكَ عنّي.

هلّا عفَوتَ عنّي...

ما أغرقتك.

أنت اختبرت عمق بحري بكلتا قدميك.

وإن زعمنا أننا نحيا، ففينا أشياء ماتت منذ أمد بعيد.

لا يمكننا التخلي عنها، ففي ماضيها ضاع بعض عمرنا،

وفي تذكرها بحنين ممزوج بالألم يضيع بعضا آخر.

وها نحن نعيش بما يتفلّت من أعمارنا،

حتى صرنا كنعوش تمشي وتتنفس.

لو أعلمُ أنكَ تتبلُني لأرسَلتُ لكَ رُسُلًا حتّي تعفوَ عنّي!

ولو أنّي أعلمُ أنكَ تقبَلُ رسائلَ قد كُتِبت من أجلِكَ، لأرسلتُها إليكَ..!

لكنَّكَ حجَبتَ كلَّ الطُرُقِ التي تُوصِلني إليكَ!

أعفُ عنّي...

تراني فقدتُ الأملَ أن نلتقيَ في تلكَ الحياةِ

ما أقسى قلبَكَ وجفاءَهْ..

اعفُ عنّي!

ترانا نلتقي في الجنةِ أم إنني أهونُ عليك وتتخلِّي عنّي

طالَ صمتُكْ'

طال جَفاؤُكْ'

طال هجرُكْ '

طال بعدُك '

اعف عنِّي إني أحبُّك

ثم بكى أحمد على فراقها له وأنه لم يستطع أن يحتفظ بها، ولم يستطع أن يسعدها كما وعدها من قبل، بل كان هو سبب حزنها وهشاشة قلبِها، إنها تسخر منه إذ قالت له: أحمد الرحيم ذو القلب

اللـين، ذو اللقـب الـرحيم، فإنـك بـارع في تزيـيـف الحـقـائـق؛ مخيـف لـدرجة فيضـان البحـور.

ثم تـذكرت فاطمـة عنـوان قصـر "مدينـة سـانت بطرسبرغ" ثم طـال تفكيرها وتشـوش عقلهـا، فقـد لازمهـا الأرق، لـم تنم في تلك الليلـة؛ ثم تذكرت وقالت:

- أرض البـراكين كـان يحبهـا جـلال الـدين، يحـب السـهـل والطبيعـة والجبال (كامتشـاكا الأرض السـوداء أرض البراكين).

مـاذا فعـلت بهـم أيهـا الرجـل الجاحـد؟ لا بُد إن أخي هشـام هنـاك هو وفؤاد الـروح خالـد، آه، آه يا خالـد، القصر الذي بين الجبـال والبحـر؛ آه يـا خـالـد يا ليتني أمتلك قوة مثل قوة سـليمان فآتيك على بسـاط الريح لأخفف عنك أحزانك.

سـوف نلتقي يا حبيبي؛ ثم ذهبت على عجلةٍ من أمرِها إلى القصر، ومن ورائها أحمد يلحق بها، ثم دخلت القصر تنادي: خالد!

وعندما دخلت البيت في منتصف الليـل لـم تر أي شيء في القصر من كثرة ظلامه، ولا تـستطيع سـماع شيئًا من أصوات الأمواج الهائجة في القصـر، كـان القصـر خاويًـا تمامًـا، ولا تُسـمَع إلا أصـوات الكـلاب الجائعة في القصر كأنها دخلت مدينة للأشباح.

دخلت خائفـة بترقب مـن خلفهـا، تفاجـأت بصـوتٍ ثم صرخت بصـوت مرتفع، فقال لـها أحمد: هذا أنا، لا تخافي، اهدئي.

ثم نظر وإذا بهشامٍ مُلقى على الأرض وقد فارق الحياة، كان الأمر أشبه بدخول مدينة تُدفن فيها الأموات، كانت صدمةً عارمة.

قال لها: لا تنظري خلفك، لا تنظري.

فنظرت في صدمةٍ وإذا بهشامٍ جالس على الأرض، مفارقٌ الحياة، فنظرت إليه واقتربت منه، ووضعت يدها على خدَّيه وبكت قائلة:

- إنا لله وإنا إليه راجعون؛ أخي الملاك غادر الحياة، حبيبي ورفيق عمري يا هشام، لا أراك الله راحة أبدًا في الآخرةِ يا جلال الدين، نفاك كما نفيت هشام وقتلته.

فقامت مسرعة لا تستطيع رؤية شيءٍ من كثرة الظلام تتخبط في كل شيءٍ تبحث في القصر عن خالد، وتنادي بصوتٍ مرتفع "خالد" ويحاول أحمد إصلاح المصابيح في القصر، ويفشل في تصليحها، أما عن فاطمة فقد ضاعت في ذلك القصر الواسع لذي كلما وصلت إلى بابٍ رأته مغلقًا أمامها، لا تسمع إلا أصوات الكلاب الجائعة و صوت أمواج البحر الهائج كأنه منتظر حتى يبتلعها.

حتى وصلت إلى باب آخر ومن ثم دخلت تهرول على البحر تبحث في البحر وصوت الموج عالٍ، ولا ترى أمامها شيئًا ظلام حالك، وبحر واسع، وموج هائج، ظلام في طريقها، وبحر مظلم، وقمر منطفئ لا تستطيع رؤية شيء، كل شيء منطفئ؛ ليس لها دليل على خالد إلا أرواحهما.

تقول فاطم العمر: ها قد اقتربت منك يا حبيبي؛ فإني أشم رائحتك.

فهرولت وهي تلقي بنظرها، أمامها خالد، تكاد لا تراه من شدة الظلام ويقف وراءها أحمد ينظر إلى كليهما.

ثم قالت: خالد، أرأيت عندما التقينا رأيتك قتيلًا يا حبيبي؛ ها قد التقينا على البحر كما كنت تحب أن نلتقي يا خالد، أنا هنا فاطم العمر، لن أتركك بعد اليوم؛ لقد غادرت المدينة لأنك لم تكن فيها يا خالد لماذا لا ترد عليَّ يا خالد؟ لماذا؟

لقد ارتاح أحمد لأني رأيتك قتيلًا وغارقًا في دمائك؛ لا عفا الله عنك يا رحيم، لا عفا الله عنك أبدًا يا رحيم.

- فاطم، هاجت الأمواج وأخذه الموج إلى مكان بعيد.

- لقد أخذه الموج مني، أخذه الموج مني؛ لا تقل لي شيئًا أرجوك، لم أستطع رؤية خالد، لكن يداي ملطخة بدماءٍ من أحب، من جرحِه الذي ينزف، أرأيت يا أحمد رجلًا جريحًا قتيلًا؛ لقد قتلته بالبطيء دون رحمةٍ ولا شفقةٍ عليه، تركته يُعاني ألمًا لا يكاد يُوصَف من فراقي والحُمى التي أمسكت في قلبه وبدنه.

ثم أُغشيَ عليها وأخذها إلى المستشفى، فأصبحت طريحةَ الفراش منذُ شهور؛ ومن ثم ماتت يوم وضعت توأمًا ولم تستيقظ من رقدتها مرة أخرى، ولقد دُفِنت في مقابر العائلة بجوار خالد في قصر العائلة.

لقـد ضـاقت المدينـة على أحمـد، وأخـذ مـن معملِـه عينـةً صـغيرة من الوباء، مسرعًا لم يرَ شيئًا أمامه إلا أطعمهم منه.

دخلتُ المدينةَ ورأيتُ مـا لا يسـر العين يا بني والقلـب، غـادر أحمـد والدك المدينة، لم يستطع الحيـاة فيها دون فاطمة، وسـافر إلى مصر ومن ثم سلم نفسه لدولةٍ وفي المطار كانوا في انتظارِه بعد وصوله أكثر من كتيبة من أصدقائه.

نظر أحمد وأصابه الذهول مما رأى، فكان اسـتقبالًا حافلًا من بعض أصحابه، ولم يسلم عليه أحدٌ، فإن الجميـع كان يقف صـامتًا تمامًا كأنهم يشيعون الجنازة، إلا رجل واحد "فريد" عمك يا بني قال له:

- يا أسفي عليك يا حضرة الطبيب.

لم يستطع أن ينظر في عينِ أحد، يا ليتي أدركتُ بني أحمد، ما كنتُ جعلته يفعل ما يفعل، عـار عليه في تاريخه الحافل بالإنجازات يا بني ما قد فعل.

- أكمل يا جدي الشعراوي.

أخذته السـيارة إلى الكتيبة، ثم تعطلت السـيارة في الطريق، وكان قريبًا من القطار، فركب القطار مع العسكري، وقبل أن يطلع القطار قالوا له أصحابه:

- أنتَ رجل لا تستحق الحياة، ولو كان الأمر لنا لرجمناك من أجل ما فعلت بفاطمة وخالد.

نظر إليهم ثم سار القطار ولم يتحدث أبدًا أو ينطق بحرف حتى، واتجه القطار إلى صعيدِ مصر وهو ينظر من نافذة القطار والطريق سريع وشارد مع الطريق ينظر من النافذة، وإذ به يمر على المدينة التي كانت تسكن فيها "فاطمة المغربي" والدتك يا بني.

وفارق الحياة، لم يستطع أن يمر على المدينة التي لا تحيا فيها فاطمة، ومات أبوك بالسكتةِ القلبيةِ يا بني.

فقال له: ولكن يا جدي أين جسد أبي؟

فقال الجد: قبر أباك يا بني في مصر، في مقابر العائلة.

- ولكن كيف لأمي أن تظل في المشفى حتى وضعتني أنا وأخي؟ إن هذه معجزة.

فقال الجد: لا يا بني، عندما رأت خالد وهو ميت أمامها لم تستطع تحمُّل الحياة من شدة ما رأت، كان يومًا عصيبًا عليها، فقد عانت من ابني لما حرمها من خالد؛ لقد حال بينها وبين القدر يا بُني، أبوك أحمد فعل جرمًا خطيرًا، وجرحًا كبيرًا لكليهما، خالد وفاطمة؛ فلما فاقت قالت لأحمد: **"ماذا تساوي مدينة خالد ليس فيها؟"**

ثم قال لها أحمد: وأنا مثلك يا فاطمة، ماذا تساوي المدينة ما دمت أنتِ لستِ فيها؟ سوف تصبح منفى!

ولكن يا جدي أبي كان رجلًا له قلب قاس وخائن وحقود على صاحبه خالد؛ لقد كان أبي رجلًا لا يصون العهد، كان رجلًا مشهورًا في البلاد بالطب والرحمة، لكنه عكس ذلك فقد نزعت الرحمة منه يا جدي.

- يا بَنيَّ إن أباكم قد طلب منكما الرحمة له، لذا يا يحيى ونوح لا تنسوا والدكما أبدًا من دعائكما، لقد تلقيتُ خبرًا يا بَنيَّ، فتجهز أنت وأخوك حتى نغادر المدينة؛ سنسافر إلى مصر.

- لماذا يا جدي؟ فقد ماتت الحاجة عزيزة ونحن ايضا يا جدي لا نستطيع أن نغادر قبر أمي وخالد بعد أن حدفه البحر لنا، إذهب أنت فنحن لن نغادر المدينة. جدي! أراك مهمومًا وقد حزنت من كلامنا معك، لماذا لا ترد علينا؟

- لقد فارق جدك الحياة يا نوح، ليعفو الله عنه وعن والدينا.

***

بعد دفن الجد في القصر ببضعة أيام. قال يحيى:

- علينا أن نسافر إلى مدينة أخرى يا نوح، فنحن لا نستطيع العيش في تلك المدينة دون من نحب؛ ولدي ما أقوله لك من أجل أبي فإن أبانا

كان رجلًا حنونًا، وإن لم يكن كذلك لما كتبت أمي لأبي تلك الرسالة في أول زواجها.

قال: من فاطم العمر؟

- يا إلهي! أبتلك الكلمات يا أخي ستستطيع أن تقنعني بأن أبانا رجلٌ ذي قلبٍ كبيرٍ وحنون؟ لقد خدع أمي وأخفى عليها أنه مريض، هو كان لا يصلح أن يكون زوجًا، فلقد أتينا إلى الدنيا أنا وأنت بمعجزةٍ، وكانت قد صُدمت فيه وهو سبب هلاكها، فلقد طعن أمي بخنجر بارد هي وخالد في قلبيهما، وهو ينظر إلى كليهما ولا يكترث؛ رجل ليس لديه شرف.

هناك يا أخي كتبت أمي عن أبي:

ما كنتُ لأكتبُ عنكَ إلا ما رأيتُ منكَ كما أرى ما يفعلُ رجالُ أهلِ الجنةِ مع نسائهمْ.

ما كنتُ أريدُ شيئًا من الأرضِ طالما أتتْ بك الدنيا لي

وما كنتُ أريدُ لي البقاءَ على الأرضِ إنْ لمْ تكنْ حيًا فيها.

وأتيتَ أنتَ ومعكَ الخير كلهُ.

أتيتَ لي كأنكَ من رجالِ الجنةِ على الأرضِ. رجالٌ لا تلهيهمُ تجارةٌ ولا بيعٌ عن ذكرِ اللهِ وذكري.

أحبكَ لأنكَ زوجي في جنةِ الأرضِ وفي جنةِ الخلد.

رجل ذو بأس شديد ولكن له قلب غير مراوغ رجل ذو نسب وشرف وعرق له قديم.

رأيت يا نوح؟ أحببت أن تعرف ما معنى الرجولة من خالد العرجي، حتى وهو يكتب في كل رسالة له أقرأها جيدًا.

إني مغرم بذاك الرجل وقوته وحبه لأمي قبل أن يتفرقا، حتى وهو مقيد الخيول مغرم به فقد قيدها من أجل صاحبه ورفيق دربه "مراد" لمّا قتله عاصف، علينا ألا نترك شيئًا عنه.

لكن..
أخبرني
هناك قلب كشارع
وقلب كمدينة
وقلب كدولة
هناك قلب كقلبك
أسلكه كشارع لا ينتهي
أسكنه كمدينة لها أنتمي
أستكين فيه وله..
وبه صولاتي
وجولاتي
ودولتي..
يا نوح ماذا تساوي المدينة من دون ما نحب؟

ماذا تساوي مدينة لست فيها؟!

وكم تساوي المدن دون ساكنيها؟!

هذه المدينة دون من نحب

خاوية على عروشها..

وضيقة رغم اتساعها..

ومظلمة رغم كل هذه المصابيح!!

هذه المدينة

دون من نحب

نفق مظلم لا ينتهي...

فقال له يحيى: إذا علينا أن نغادر تلك المدينة يا نوح..

قال نوح: فلنغادر يا يحيى، ونسافر إلى تركيا؛ هناك من نريد الوصال معهم، فإن حلاوة والوصال معهم واللقاء، تمحو من البال مرارة الفراق.